Auf dem Weg zum Erfolg muss die Schauspielerin Michaela Mann einige Hindernisse überwinden, was sie mit Geschick und Glück – man muss schon sagen: Mordsglück – schafft. Auch in der Liebe wird ihr nichts geschenkt. Die Erfüllung ihrer Sehnsüchte verlangt ganzen Einsatz – auch den unlauterer Mittel.

Anna Johanns fünfter Roman erzählt die Geschichte einer unbekümmerten, fröhlichen Mörderin, die Menschen, die ihre Kreise stören, ihr Unrecht tun, sie betrügen oder versuchen, ihr den Mann wegzuschnappen, kurzerhand mittels ein paar Gifttröpfchen aus dem Weg schafft. Das Giftfläschchen hat sie zufällig im Badezimmerschrank ihres Exlovers gefunden und probiert die Wirkung nun an ihrer Rivalin aus – mit Erfolg. Von da an gerät Michaela immer wieder einmal in Situationen, die den Griff zum Giftfläschchen herausfordern, und so mancher Lover bleibt auf der Strecke.

Anna Johann erzählt mit einem Augenzwinkern von einer jungen Frau, die sich zu helfen weiß …

Anna Johann lebt als freie Autorin und Übersetzerin auf der Insel Stromboli in Süditalien. Im Fischer Taschenbuch Verlag erschienen ihre Romane ›Geschieden, vier Kinder, ein Hund – na und?‹, ›Ich liebe meine Familie – ehrlich‹ (Bd. 13082), ›Ihr erster Auftrag‹ (Bd. 13535) und ›Die kleine Sekunde Ewigkeit‹ (Bd. 14174).

Unsere Adresse im Internet: www.fischer-tb.de

Anna Johann

Mordsglück

Roman

Fischer
Taschenbuch
Verlag

Die Frau in der Gesellschaft
Herausgegeben von Ingeborg Mues

Originalausgabe
Veröffentlicht im Fischer Taschenbuch Verlag GmbH,
Frankfurt am Main, Oktober 2000

Satz: Pinkuin Satz und Datentechnik, Berlin
Druck und Bindung: Clausen & Bosse, Leck
Printed in Germany
ISBN 3-596-14711-5

Na ja, den ersten Mord kann man eigentlich nicht rechnen. Das war keiner. Kein echter mit Vorsatz. Auch kein Totschlag im Affekt. Es war ein Test. Das Ergebnis hat mich selber überrascht. Er hatte dieses geheimnisvolle Fläschchen in seinem Badezimmerschränkchen stehen, ganz hinten im obersten Fach. Versteckt hinter dem Etui mit seinem alten Rasierer. Ein roter Blitz war mit Nagellack draufgemalt. Darunter stand, auch in Rot: »Caution!!!« Der Stopfen war mit verschiedenen Lagen Leukoplast sorgfältig zugeklebt, darum noch zusätzlich ein paar Mal ein starker Bindfaden gewickelt. Grund genug für mich, das Fläschchen zu öffnen. Die Flüssigkeit darin war klar wie Wasser. Sie roch irgendwie nach Kakao. Ein bisschen bitter.

Das Fläschchen, das ich sorgfältig wieder so verschloss, wie es gewesen war, war mir in die Hände gefallen, als ich meine Sachen zusammenpackte, um aus seiner Wohnung auszuziehen. Denn da war für mich kein Platz mehr, weil vor zwei Wochen eine gewisse Gaby … Ja, ja. Manchmal kann er sich sehr schnell entscheiden. Obwohl das sonst für ihn ein Riesenproblem ist. Ich habe ihm erst letzte Weihnachten einen Entscheidungswürfel geschenkt. Dieses Weihnachtsfest, das wir eigentlich auf Lanzarote verbringen wollten. Aber das hätte man schon ein Jahr vorher buchen müssen. Und deshalb ... siehe oben.

Also saßen wir am Heiligabend zu zweit vereint unter unserem ersten gemeinsamen Tannenbaum. ›Unter‹ ist nicht ganz richtig. Es war ein sehr kleiner Baum. Eine ziemlich winzige Blautanne. Blautanne müsste es schon sein, hatte er gemeint. Und sie sah wirklich sehr nett aus, wie sie auf unserem Küchenhocker stand, mit den zwei Strohsternen dran, die noch aus irgendeinem Weihnachtspaket übrig geblieben waren, das meine Mutter mir mal geschickt hatte.

Vor den Feiertagen war uns ein bisschen mulmig bei dem Gedanken: wir zu zweit allein. Die anderen Jahre, zwei insgesamt, waren wir immer, wenn wir nicht im Theater sein mussten, mit irgendwelchen Freunden oder Kollegen zusammen gewesen. Doch letztes Jahr ergab sich das irgendwie nicht. Weiß auch nicht, warum. Aber der Heiligabend war wirklich toll. Richtig festlich. Es gab ein Menü mit mehreren Gängen. Er kochte. War Klasse. Den Obstsalat hab ich gemacht, war auch nicht schlecht. Muss ich schon sagen.

Wieso rede ich jetzt von Weihnachten. Das ist doch wirklich der Schnee von gestern. Andererseits gehört das ja alles dazu, zu meiner Geschichte, zu meiner

Generalbeichte, die ich jetzt hier und auf der Stelle ablegen will.

Es ist, wie es ist. Man kann aus der katholischen Kirche austreten, sooft man will. Diese Prägung wird man einfach nicht mehr los in seinem Leben. Das Brandzeichen geht auch mit Rubbeln und Schrubben nicht weg. Und selbst wenn man sich's rausschneidet, wächst es darunter wieder nach. Was kann man machen, hab's mir schließlich nicht ausgesucht. Man wird in was hineingeboren, und dann steht man da. Den einen trifft's schlimmer, den anderen weniger heftig. Ich appelliere jetzt keinesfalls an irgendein Mitgefühl. Ich will auch keinem was vorheulen. Ich denke, ich liege mit meiner Biographie so im Katastrophenmittel. Obwohl es mir in meinem Leben manchmal so vorkam, als läge ich ganz vorn an der Spitze auf der Negativskala. Es war schon die absolute Härte. Mittelstand, katholisch und dann noch Rheinland. Den Ballast wirft man nicht so ohne weiteres lässig weit von sich. Ich hab's oft probiert, aber irgendwie ... Ich weiß auch nicht. Diese Mischung klebt so hartnäckig an einem wie Kaugummi.

Gut, zugegeben, das mit der Kirche wurde bei uns daheim nicht mehr ganz so streng gesehen. Meine Eltern konnten diesen Papst, diesen Betonküsser und Diktatorenhändeschüttler, auch nicht leiden. Und sagten das auch. Und wenn ich als Kind mal absolut keine Lust hatte, meiner »Sonntagspflicht zu genügen«, wie das so schön hieß, wurde ich auch nicht in die Kirche geprügelt. Und es wurde auch nicht die ewige Verdammnis auf mich herabgepredigt. Aber das sechste Gebot. Die Sache mit der Sexualität. Als ich anfing, mich dafür zu interessieren … na ja, zugegeben, es war ziemlich früh … Ich höre meine Mutter noch: »Kind, du bist doch erst elf.«

Ich weiß nicht, wenn man meine Eltern so hört, hatten sie damit nie was am Hut. Ich hab sie oft mit Fragen gelöchert: Wie war das bei euch? Wann habt ihr euch das erste Mal geküsst? Wann das erste Mal miteinander geschlafen? Hattest du schon mal einen Orgasmus, Mama? Wenn ja, oft oder eher selten? Wie viele Männer respektive Frauen gab's vor eurer Ehe? Nie bekam ich eine Antwort. Obwohl, meine Mutter hat einmal angefangen von ihren ersten Studentenjahren zu erzählen. Sie hatte eine Bude, die war mal 'ne Garage. Gehörte zu so einem ganzen Garagenkomplex. Der Besitzer hatte irgendwann den genialen Einfall, die Garagentore durch eine Wand mit Fenster und Tür ersetzen zu lassen. Weil sich mit Studenten mehr Geld verdienen ließ als mit Autobesitzern. Ein bisschen Farbe an die Wände, einen billigen Ölofen in die Ecke. Das notwendigste Mobiliar. Das Klo lag im Haupthaus, und bei Regen wurden die schätzungsweise fünfzig Meter im Spurt zurückgelegt. Für nächtliche Notfälle musste der Putzeimer herhalten, und gebadet wurde wie in alten Zeiten nur samstags in der öffentlichen Badeanstalt.

»Es war herrlich.« Meine Mutter bekam ganz glänzende Augen, und auf ihren Wangen zeigten sich zwei kreisrunde rote Flecken, was sonst nur passierte, wenn sie mehr als ein Glas Wein trank. Was selten genug vorkam. »Es war eine absolut sturmfreie Bude. Und was wir da für Feste gefeiert haben.«

Doch gerade, als sie dabei war, mir von ihrem ersten Besäufnis zu erzählen, kam mein Vater rein, sagte, nachdem er mitgekriegt hatte, um was es ging, mahnend: »Aber Trude, das Kind interessiert sich sicher nicht für deine Jugendsünden.« Worauf meine Mutter den Mund zuklappte wie ein Fisch, einmal tief Luft holte und das Thema wechselte. Schade, sehr schade. Entgegen der Meinung meines Vaters interessierte sich ›das Kind‹ sehr für die Jugendsünden seiner Eltern. Ich denke mal, so schlimm können die nicht gewesen sein. Na egal, wie's auch war. Irgendwann müssen sie das alles vergessen haben. Oder sie waren geniale Heuchler. Auf jeden Fall ist der Schockzustand meiner Mutter sonst nicht zu begreifen, in den sie fiel, als sie mich dabei ertappte, wie ich nackt mit gespreizten Beinen vor einem Spiegel hockte, um mich ›da unten‹ zu betrachten. ›Da unten‹, anders hieß das nicht bei uns. »Hast du dich ›da unten‹ auch gewaschen?« Ich muss allerdings zugeben, dass es in der deutschen Sprache schwierig ist, ›da unten‹ anders zu benennen. Ich habe bis heute auch noch keinen Ausdruck gefunden, der mir gefällt. Damals wollte ich auf jeden Fall endlich wissen, wie ich ›da unten‹ aussah. Als meine Mutter in mein Zimmer kam, erkundete ich gerade mit einem Finger mein feuchtes, warmes Innenleben und fand das, was ich da sah und fühlte, sehr schön. Das laute »Pfui«, das sich dem mütterlichen Mund entrang, hatte ich deshalb erst gar nicht auf mich bezogen.

Tagelang wurde beraten, wie mit meiner Verfehlung, meiner Sittenlosigkeit, meiner Verdorbenheit umzugehen sei. Ein Arzt wurde konsultiert, ein Psychologe hinzugezogen. Es mit dem Pfarrer zu besprechen, davor scheute meine Mutter denn doch zurück. Das war ihr peinlich. Ich denke, vor allem weil sie nicht gewusst hätte, wie sie ihm gegenüber ›da unten‹ hätte benennen sollen. Wahrscheinlich war das mein Glück. Ich kam nicht in ein katholisches Mädcheninternat zu Nonnen. Ich stand nicht vierundzwanzig Stunden lang unter Aufsicht. Meine Hände wurden abends auch nicht mit Stricken ans Bettgestell gebunden. Und nach und nach legte sich die Aufregung. Ich musste feierlich geloben, das nie, nie wieder zu tun. Das war mein erstes falsches Gelöbnis. Ich war keinesfalls bereit, auf dieses angenehme Gefühl zu verzichten, das mir meine suchenden Finger bereiteten, und ahnte, was sich dann später als wahr herausstellte, dass diese Erkundungen noch viel größere Freuden mit sich bringen können. Wer weiß, vielleicht hat alles mit diesem Moment auf meinem Bett angefangen, als ich diese geheimnisvolle dunkle Öffnung mit ihrer reizvollen Umgebung zwischen meinen Beinen entdeckte.

Wo sind wir jetzt? Osnabrück. Ich hab Bremen verpasst. Dabei wollte ich jede Station ganz bewusst erleben, die mich von meinem alten Leben weg in das neue führt. War ich schon mal in Osnabrück? Nicht, dass ich wüsste. Os – na – brück! Es gibt Städte, da löst schon der Name irgendwelche Abneigung in mir aus. Da stimmt irgendwie das Verhältnis von Konsonanten und Vokalen nicht. Völliger Quatsch. Ich weiß. Schließlich kenne ich die Stadt ja überhaupt nicht. Die haben sicher auch 'ne nette Fußgängerzone. Doch wenn ich ehrlich bin, hab ich auch nicht die geringste Lust, sie kennen zu lernen. Wohnte nicht ein Onkel meiner Mutter da? Oder war es der von meinem Vater? Keine Ahnung. Es soll ja Menschen geben, die sich leidenschaftlich für ihre Verwandtschaft interessieren. Mir geht das völlig ab. Ist schon schlimm genug, dass zweimal im Jahr der große Herdenauftrieb Pflicht ist. Im Frühjahr feiert die Schwester meiner Mutter, im November die meines Vaters groß ihren Geburtstag. Jahr für Jahr. Immer noch!

Nett von meinen Eltern, mir den Status des Einzelkindes zu gönnen. So ist für die Zukunft eher mit einer Verringerung der verwandtschaftlichen Pflichten zu rechnen. Obwohl, einen großen Bruder hätte ich schon gerne gehabt. So einen wie meine Freundin Lene. Der brachte ihr das Schwimmen bei. Der baute ihr ein Baumhaus ganz oben in einer Buche, die neben ihrem Haus stand. Lene konnte schon lesen und schreiben, als ich in der ersten Klasse neben sie gesetzt wurde. Ich war oft grün vor Neid. Der wurde nur dadurch gemildert, dass ich ab und an mitbekam, wie er sie ärgerte. Er nahm zum Beispiel ihre beiden Handgelenke und ohrfeigte sie mit ihren eigenen Händen. Fragte auch noch grinsend: »Warum haust du dich denn?« Oder er setzte sie, so sehr sie sich auch wehrte, oben auf den Küchenschrank, und sie musste bitten und betteln und Gott weiß was für Sklavendienste versprechen, damit er sie wieder runterholte.

Trotzdem war er meine erste große Liebe. Ich kannte nichts Schöneres, als wenn er mich im Winter auf seinem Schlitten mitnahm. Ich saß zwischen diesen harten Jungenbeinen, hielt mich an seinen Oberschenkeln fest, wenn wir die Straße runterrasten, die von dem Dorf, in dem Lenes Großeltern wohnten, zum Bahnhof führte. Ich spürte seinen Körper in meinem Rücken. Und wenn er sich vorbeugte und mir ins Ohr schrie: »Macht's Spaß?«, konnte ich nur nicken. Sein warmer Atem in meinem Ohr machte, dass mir ein wohliger Schauer den Rücken runterlief. Da war ich acht.

Abgesehen von diesen Schlittenfahrten existierte ich damals nicht für ihn. Doch in dem Sommer, als ich zwölf wurde, fing er an mit mir spazieren zu gehen. Nur wir beide. Und zum Schluss gab's im Café am Dom immer einen Windbeutel für mich. Lene wollte er nicht dabei haben. Sie war sauer, was ich verstehen konnte. Ich fühlte mich schuldig ihr gegenüber, aber auf diese Spaziergänge wollte ich auf keinen Fall verzichten. Er redete mit mir über alles, und ich fühlte mich sehr erwachsen. »Du bist mein bester

Freund«, hat er mal gesagt. Das muss schon später gewesen sein.

Komisch, ich weiß noch genau, wie er aussah. Das Gesicht war fast quadratisch. Klingt, als ob es plump gewesen wäre. War's aber nicht. Ich mochte besonders seine Unterlippe. Seinen Mund überhaupt. Und dann die Augen. So graublau. Die die Farbe veränderten, je nach Stimmung. Besonders mochte ich das Hellblau, das sie immer dann bekamen, wenn er seine Schmeichelstimme einschaltete. Damit konnte er bei mir alles erreichen.

Wie damals im Sommer, in der Küche ihres Ferienhauses. Ich war vierzehn. Mir war nach jahrelangem Betteln endlich erlaubt worden, mit Lene, ihren Eltern und ihrem Bruder die Sommerferien in Italien zu verbringen. Die fuhren da jedes Jahr hin. Auf jeden Fall, eines Tages hatte er mich in die Küche gelockt. Wie und warum, weiß ich nicht mehr. Lene war, glaub ich, noch am Strand. Und die Eltern hielten ›Siesta‹. Da schob er mit beiden Händen mein T-Shirt hoch und sagte mit seiner Streichelstimme: »Musst dich nicht wehren. Ich will dich nur mal ansehen.«

Ich wollte mich gar nicht wehren, schämte mich nur fürchterlich, als meine Brustwarzen plötzlich schmerzhaft von meinem knochigen Brustkorb abstanden, als er sie, erst die linke, dann die rechte, zart küsste. Und ich habe ihm dabei das Haar gestreichelt, das sich so weich anfühlte. Das Haar, das ihm in einer wirren Locke in die Stirn fiel.

So wie dem Menschen mir gegenüber. Der saß eben noch nicht da. Hab gar nicht gemerkt, wie der reingekommen ist. Irritiert mich, das mit der Locke. Und graublaue Augen hat er auch. Was soll's? Wo war ich stehen geblieben? Bei meiner ersten großen Liebe. Mehr als dieser scheue Kuss auf meine Brustwarzen hat damals nicht stattgefunden. Lene zog mit ihren Eltern in ein anderes Land. In ein Land ziemlich weit weg von unserem. Und den Bruder mit dem weichen Haar, den graublauen Augen, den knochigen Jungenbeinen, dem warmen Atem an meinem Ohr, der Schmeichelstimme und den scheuen Küssen auf meine Brustwarzen nahmen sie mit. Vorbei die Winterwochenenden bei den Großeltern im Bergischen Land. Keine Hausaufgaben mehr in Lenes Bude, während ich nach nebenan horchte und wartete, dass er reinkam und grinsend fragte: »Wie geht's denn heute, Mädels?« Keine Chance mehr, ihm irgendwann mal wieder das weiche Haar zu streicheln und sich vorzustellen, wie es denn wäre, wenn er mich das erste Mal auf den Mund küssen würde.

Ein paar Monate kamen noch Briefe und Karten von Lene, und manchmal stand am Ende ein kurzer Gruß von ihm drunter. Und immer wieder ihre Frage: »Was ist los? Warum schreibst du mir nicht?«

Ich konnte nicht. Ihr zu schreiben hieß auch, an ihn zu denken, und das tat zu weh. Jahrelang noch spürte ich seine Hände, wie sie mein Gesicht festhielten, als er sich von mir verabschiedete. Er sah mich sehr genau an, unerträglich lange. Ich wollte nur, dass das aufhörte. Das war mein erster großer Schmerz. Ich mochte diesen Schmerz nicht und habe mir damals geschworen, den in Zukunft zu vermeiden. Es ist mir nicht gelungen.

Es hat mich immer voll erwischt. War wohl grundsätzlich zu blauäugig. Oder ich litt an Selbstüberschätzung. Ich kam überhaupt nicht auf die Idee, dass man mich nicht ewig und drei Tage lieben würde. Mein unausrottbarer Irrtum. Als ich durch diese Gaby ersetzt wurde, traf's mich auch wie ein Blitz aus heitrem Himmel. Dabei hatte ich bis zu diesem Zeitpunkt schon einschlägige Erfahrungen sammeln dürfen und hätte zumindest diese Möglichkeit als Kalkül in meine Lebensplanung mit einbeziehen müssen. Aber nein. Der ist anders, hab ich gedacht. Der liebt dich wirklich. Der zeigt Gefühl. Der hat Seele. Dabei hatte er genau die gleiche Masche drauf wie meine erste Liebe. Ich rede nicht von meiner Kinderliebe, sondern von meinem ersten Liebhaber, meiner ersten richtigen Beziehung. Es begann an der Ostsee. Meine Clique und ich, wir zelteten da. Drei keusche Jahre lagen hinter mir seit diesen zarten Küssen auf meine Brustwarzen. Schmerzvermeidung oder nicht das richtige Angebot? Ich weiß es nicht. Seit Lene weg war, hing ich immer mit einer bestimmten Clique rum. Da waren auch Jungens dabei. Aber ich wäre nie auf die Idee gekommen, einen von denen als Objekt meiner Begierde zu betrachten. Wir fanden uns wohl gegenseitig völlig asexuell. Schließlich haben wir zusammen Radtouren gemacht, oft zwei, drei Tage lang. Die Anzahl der Zelte war begrenzt. Wir lagen zwangsläufig dicht an dicht wie die Heringe. Aber mir ist nichts von irgendwelchen Übergriffen bekannt.

Und eben mit dieser Clique war ich diesmal auch wieder unterwegs. Zwei ganze Wochen weg von zu Hause, ohne irgendwelche Erwachsene als Aufpasser. Und dann trennten mich auch noch einige hundert Kilometer von meinen Eltern. Ich genoss es. Die vier Kerle aus Hamburg lernten wir gleich am ersten Tag kennen. Und einer von denen sagte den ganzen Abend kein Wort. Er hockte an dem Feuer am Strand, über dem wir unsere Würstchen zu Kohle brieten, und sah mich ununterbrochen an. Und wenn ich ›zurücksah‹, lächelte er, und ich merkte, dass mir seine Unterlippe gefiel. Überhaupt der Mund. Und dass sein Haar, das ihm in einer Locke in die Stirn fiel, so aussah, als fühle es sich sehr weich an. Und als das Feuer aus war und alle sich verzogen, hatte er immer noch nichts gesagt. Aber irgendwie war es völlig klar, dass wir beide allein neben der glimmenden Asche sitzen bleiben und auf den Sonnenaufgang warten würden. Als es zu dämmern anfing, stand er auf und streckte mir die Hand hin. Und ich legte meine rein. Ich spür immer noch, wie seine Finger sie ›einschlossen‹. Dann rannten wir am Ufer entlang, barfuß, und wurden immer schneller. Und plötzlich schrie er ganz laut, und ich musste auch schreien und dachte: »So ist das Glück.« Und dann standen wir da und warteten, bis die Sonne aufging. Und sein erster Satz war: »Ich will dich ansehen.«

Und ich wusste sofort, was er meinte. Vielleicht, weil irgendetwas in seiner Stimme mich an eine längst vergangene Szene in der Küche eines Ferienhauses in Italien erinnerte.

»Gut. Aber drei Schritte Abstand. Und nur gucken. Nicht anfassen.«

»Einverstanden.«

Dann stellten wir uns wie bei einem Duell Rücken an Rücken und zählten laut bis drei, und jeder machte drei Schritte. Dann drehten wir uns um. Er sah ganz bleich aus, und zwischen seinen Augenbrauen waren zwei steile Falten, die mir vorher nicht aufgefallen waren. Ich stand da und sah ihn an.

Er, nach einer Weile: »Ja, und???«

»Du auch.«

Er schluckte hörbar, aber er sagte: »O.k.« und fing an, seine Hose aufzuknöpfen. Ich ließ mir Zeit, wollte, dass er eher als ich ausgezogen war. Ich hatte noch nie einen nackten Mann gesehen und war sehr gespannt. Er war verlegen. Ich nicht. Ich sah nur voller Staunen, wie sich sein Ding da aufrichtete, als wir so nackt voreinander standen. Ich sah es mir ganz genau an, ich hätte es mir gern etwas näher angesehen. Er machte einen Schritt auf mich zu.

»Stopp! Nur gucken war ausgemacht.«

Er hielt sich dran. Und weiter ist nichts passiert. Obwohl wir noch eine ganze Woche zusammen waren. Sicher, geküsst haben wir uns oft, sehr oft, uns manchmal auch ›da unten‹ angefasst. Aber richtig miteinander geschlafen haben wir erst zwei Monate später, als ich ihn in den Herbstferien in Hamburg besuchte. Offiziell fuhr ich zu einer Freundin, die ich angeblich beim Zelten an der Ostsee kennengelernt hatte.

Seine Eltern hatten einen Garten irgendwo im Alten Land, und da gab es ein so genanntes Wochenendhäuschen. Es war eher eine Bretterbude. Aber es stand ein Bett drin, zwei genau genommen. Aber wir brauchten nur eins. Einen Zweiflammen-Propangasherd gab es auch. Und darauf konnte dieser Mensch die köstlichsten Sachen kochen. Das hatte er mir voraus. Ich hatte bis dahin von der Kochkunst nicht den geringsten Schimmer. Ich konnte grade mal Spiegeleier machen. Aber selbst die waren meistens am Rand verkohlt. Ich bewunderte ihn, wie er da so mit seinen Töpfen und Pfannen herumjonglierte und Gerichte schuf, die ich so noch nie gegessen hatte. Obwohl ich jede Zutat kannte. Aber so hatte zum Beispiel eine Gemüsesuppe bei uns zu Haus noch nie geschmeckt. Ich war vom Kopf bis zum Zeh randvoll von Glück. Und sah keinen Grund, warum das nicht bis an unser Lebensende so weitergehen sollte.

Das Ende kam allerdings bald. In den Weihnachtsferien kam er mich besuchen. Ich hatte aus ihm kurzerhand den Bruder dieser erfundenen Freundin gemacht, der zufällig in unserer Gegend sei, weil er sich verschiedene Universitäten ansehen wollte. Er machte im Frühjahr drauf sein Abitur.

Da war es schon weniger schön. Meine Eltern hatten ihn im Hotel einquartiert. Dabei hatten wir ein Gästezimmer. Aber er und ich unter einem Dach? Was sollten da die Leute denken? Dass wir vielleicht zusammen in einem Zimmer? Nicht auszudenken! Vielleicht sogar in einem Bett? Entsetzlich! Wir erstickten fast an all den nicht erlebten Beischläfen. Und in seinem Hotel konnte ich ihn auch nicht besuchen. Das gehörte einem ›Kegelbruder‹ meines Vaters. Der hätte sich sofort wie der Erzengel mit dem Flammenschwert vor mich gestellt, um mich vor dieser Todsünde zu bewahren. Also blieb uns nichts anderes übrig, als jeden Tag lange Spaziergänge zu machen. Aber über das Rheinland brach in diesem Jahr eine außergewöhnliche Kältewelle herein. Und bei minus drei Grad und verschneitem Waldboden reichte auch der Hitzepegel unserer angestauten Geilheit nicht aus, um zu einem Lustgewinn zu kommen. Meine Sehnsucht nach dem Bretterbüdchen mit seinem schmalen Bett und dem Zweiflammen-Propangasherd stieg ins Enorme. Also setzte ich alle Überredungskünste ein, im Februar wieder ein verlängertes Wochenende in Hamburg verbringen zu dürfen. Er hatte mich mit einem wunderschönen Brief auf rosa Papier mit Blümchengirlande dazu eingeladen. Unterschrift: Sabine. Doch nun wussten meine Eltern von der Existenz dieses ›Bruders‹. Und dass wir uns gut verstanden, dürfte ihnen trotz aller Vorsicht unsererseits nicht entgangen sein. Also erforderte die Zustimmung eine längere Beratungsphase, bis alles Für und Wider diskutiert war und der Grad meiner Gefährdung abgemessen. Gott sei Dank hatte er an Weihnachten einen positiven Eindruck gemacht.

»Ein netter Junge«, sagte meine Mutter. »Scheint mir ein verantwortungsbewusster Mensch zu sein«, mein Vater. »Ha!«, kann ich da im Nachhinein nur sagen.

Das Wochenendhäuschen war durch einen Kerosinofen verschönert worden. Ich wusste das zu schätzen. Das Menü übertraf alles bis dahin Dagewesene. Die Nacht war endlos. Der Schlaf kurz. Und ich überlegte mir im Morgengrauen die Worte, mit denen ich meinen Eltern am Telefon erklären wollte, dass ich für den Rest meines Lebens aus diesem Paradies nicht mehr ausziehen würde. Der Sonntag war auch noch paradiesisch – im wahrsten Sinne des Wortes. Wozu brauchten wir Kleider? Nur Feigenblätter gab's dort nicht.

Aber dann kam der Montag. Der Rosenmontag. Eigentlich spielt der ja in diesem Teil Deutschlands keine entscheidende Rolle, hatte ich gehört. Ganz im Gegensatz zu meiner Heimatstadt. Aber es gab doch das ein oder andere private Karnevalsfest. Und genau zu solch einer Hausfete starteten wir nach achtundvierzig Stunden, die wir zwischen Sex und Essen aufgeteilt hatten. Die letzte Stunde hatten wir allerdings damit verbracht, die schmalen Vorhänge vor den kleinen Fenstern ihrer Bestimmung zu berauben und kunstvollst um mich herum zu drapieren. Mit einem Wort, ich war für die winterlichen Verhältnisse äußerst sparsam bekleidet. Ich bestand allerdings auf meiner schwarzen Strumpfhose. Er hätte lieber nacktes Bein gehabt. Aber blauviolett gefroren und rau von Gänsehaut stellte ich mir dies nicht besonders attraktiv vor. Ich fand mich auch mit Strumpfhose unwiderstehlich.

Das Gefühl legte sich dann unerwarteterweise ziemlich bald. Als wir blöd herumalbernd in seinem Auto zu dieser Fete fuhren, war noch alles in Ordnung. Auch noch, als er, den Arm um meine Schultern gelegt, mich allen Menschen als seine neue Freundin vorstellte. Nur der Arm rutschte abrupt von meiner Schulter, als uns ein Wesen entgegentrat, das zugegebenermaßen noch längere und wohlgeformtere Beine hatte als ich. Und zudem nicht in alten Vorhängen aus einem Bretterbüdchen steckte, das sich Wochenendhaus schimpfte, sondern in einem tief dekolletierten Trikot aus Lurexfäden. Das schimmerte und flimmerte, dass einem ganz schwindlig wurde. Und von oben bis unten gab's viel nacktes Bein.

Für den Rest der Nacht ward der Traum all meiner schlaflosen Nächte so gut wie nicht mehr gesichtet. Und wenn ich ihn erblickte, war er entweder stieren Blickes in ihr Dekolleté versunken, das er offensichtlich bis in seine ursprünglichsten Tiefen zu ergründen suchte, oder seine Zunge schien prüfen zu wollen, ob sie schon eine Mandeloperation hinter sich hatte. Was seine Hände dabei anstellten, darüber will ich erst gar nicht reden.

Auf jeden Fall war's das dann. Die Nacht endete mit einer heftigen Eifersuchtsszene. Nicht von mir. Wieso denn? Von ihm. Weil ich es gewagt hatte, mich von einem angehenden Diplomingenieur anmachen zu lassen. Weil ich nicht länger so völlig überflüssig in der Gegend hatte rumstehen wollen. Na, ich sage Ihnen, die Szene hatte Format. Ich hörte mir dieses Gegeifere in aller Ruhe an, verteidigte mich auch nicht. Ich ließ es sogar zu, dass er, kaum dass wir im Hüttchen angekommen waren, über mich herfiel. Weil ich gegen mein besseres Wissen hoffte, der alte Zustand der Glückseligkeit würde sich wieder einstellen. So dämlich war ich damals. Aber es war vorbei. Wenn es nur nicht so wehgetan hätte.

Am nächsten Morgen reiste ich ab. Antwortete auf keinen der Briefe, die jeden Tag eintrafen und mich beschworen, diesen Rosenmontag doch zu vergessen und wieder dort anzufangen, wo wir, als er die Vorhänge um mich wickelte, aufgehört hatten. Ging nicht. Schluss! Essig! Ende!

Es folgten wieder drei abstinente Jahre – scheint so meine Zeit zu sein. Die ein oder andere ›Begegnung der körperlichen Art‹ will ich hier nicht erwähnen. Ab und an verlangten die Hormone ihr Recht. Mehr war nicht. Gefühle hielt ich sorgsam außen vor. Doch dann traf ich ihn – eben ihn, der dann mit Gaby …

Siegfried hieß er. Ich weiß, wie kann einer nur Siegfried heißen? In seinem Alter? Sein Großvater, das hätte man noch verstehen können. Aber ein junger Mann? Und sprechen Sie den Namen mal zärtlich aus. Probieren Sie's erst gar nicht. Ist vergebliche Liebesmüh. Aber sein Vater ist Wagner-Sänger und seine Mutter sieht so aus, als ob sie Wagner-Sängerin sei. Ist aber Filmproduzentin. Ich sage Ihnen, die Dame ist selber filmreif. Den ersten Auftritt, also ich meine, das erste Mal, als ich sie traf, vergesse ich nie. Die kam in die Schauspielschule, weil sie für irgendeine Fernsehproduktion ein junges Mädchen suchte. Die Tür ging auf, und da stand sie. Schwarzes Minikleid, T-Shirt-Stil. Dazu knallrote hochhackige Pumps, Stilettos sozusagen. Um den Hals einen knallroten Chiffonschal geschlungen und auf dem Kopf, genauso knallrot, ein Gebilde aus Tüll, Schleifen und Plastikblumen. Und das alles bei der Figur. Hat mir unglaublich imponiert. Ich hätte ihr das gerne gesagt, aber irgendwie habe ich mich nicht getraut. Ich dachte, sie nimmt das als plumpe Anmache.

Ein untauglicher Versuch am tauglichen Objekt. Mit dem ich hoffte, einen ersten Schritt auf meiner Karriereleiter tun zu können. Ich hab dann nur brav wie verlangt eine kurze Szene vorgespielt und sonst kein Wort mit ihr gesprochen. Sie haben mich nicht für die kleine Rolle genommen. Später habe ich sie dann doch näher kennen gelernt. Weil ich mit ihrem Sohn – aber ich schwöre, ich hatte nicht den geringsten Dunst der blassesten Ahnung. Er hat mir einfach auf den ersten Blick gefallen.

Der saß auch so da, stumm. Wie schon gesagt. Der sagte nichts. Guckte nur. Das hatte der drauf, das Gucken. Ich glaub, darin war er der Beste von allen. Ich sage Ihnen. War so was wie ein Sog. Diesmal in Grün. Grün mit ein paar braunen Sprenkeln drin. Und es machte »schluck«, und er hatte mich eingesogen. Ganz und gar, mit Stumpf und Stiel. Ich glaube, wir müssen beide ziemlich dämlich ausgesehen haben. Er starrte, und ich stierte. Oder er stierte, und ich starrte. Es war ziemlich peinlich. Alle haben es mitgekriegt.

Ich hörte mitten im Satz zu reden auf. Klappte den Mund zu wie ein Fisch, so wie damals meine Mutter. Ich wechselte allerdings dann nicht das Thema. Dazu war ich nicht mehr in der Lage. Dabei waren meine Sätze bis zu diesem Moment durchaus druckreif. Ich hatte mir eine schöne Rede zurechtgelegt, mit der ich mich als Ensemblevertreterin zur Wahl stellte. In meinem ersten Engagement. An meinem ersten Theater. Meine erste Premiere, mein erster großer Erfolg waren knapp zwei Wochen vorher über die Bühne gegangen. Ganz konventionell klassisch startete ich mein Berufsleben mit Shakespeares »Julia«. Ich wurde bejubelt. Das war ein Gefühl. Das kann ich Ihnen nicht beschreiben. Dabei bin ich wirklich nicht auf den Mund gefallen, wie Sie vielleicht schon gemerkt haben. Aber das. Erst diese harte Arbeit. Die Verzweiflung, wenn man es nicht schafft. Wenn man ganz genau weiß, wie man's eigentlich machen müsste, und kriegt es nicht hin. Man hört sich reden und denkt: Falsch! Falsch! Falsch! Dann sieht man sich zu, wie man hölzern auf der Bühne rumstakst, und denkt: Peinlich! Peinlich! Peinlich! Und der Regisseur schreit dich an. Oder, schlimmer noch, redet mit dir, als ob du debil wärst. Und man ist nicht nur felsenfest davon überzeugt, dass man diesen Beruf absolut nicht beherrscht. Fragt sich nicht nur in schlaflosen Nächten, welcher Sadist einen zu dieser absoluten Bloßstellung, zu dieser körperlichen und seelischen Qual überredet hat, sondern man zweifelt generell an sich als Mensch. Stellt die gesamte Person infrage. Fühlt sich wie ein lächerlicher Popanz, der unkoordiniert mit sämtlichen Gliedmaßen in grellem Schweinwerferlicht herumzappelt, Grimassen schneidet und willkürlich unartikulierte Laute von sich gibt.

Aber dann kommt dieser Moment, dass man spürt, man hat sie. Aus dieser konturlosen Meute da unten, die vorher nichts anderes war als eine Anhäufung feindlich gesinnter, diffuser, heller, ovaler Flecken, werden plötzlich Augen und Ohren. Die sehen und hören nur dich. Und in besonders geglückten Momenten hast du das Gefühl, die vergessen zu atmen. Deinetwegen. Das ist ein Gefühl – ja, was für eins? Ein – Machtgefühl. Das sicher auch. Bestimmt. Aber es ist da noch was. So eine Art Symbiose. Du wirst eins mit denen da unten. Entschuldigung. Klingt ziemlich bescheuert. Ich hab's ja schon gesagt. Ich kann's nicht beschreiben. Schon eher das Gefühl, wenn du aus der Gasse kommst und holst dir deinen Applaus ab. Ich hab darin gebadet – war wie eine prickelnde, ja, was... Wie eine zärtliche Umarmung unter einem sanften, warmen Wasserstrahl.

Das andere habe ich auch erlebt. Keine Augen und Ohren. Keine Symbiose. Kein Applaus. Nur eine diffuse fleckige Masse der Feindseligkeit. So einsam, so verlassen, bloßgestellt und geschändet kann man sich, glaube ich, sonst nirgends im Leben fühlen. Am schlimmsten aber war, dass ich es die ganze Zeit gewusst hatte. Und hatte es nicht geschafft, mich dagegen zu wehren. Oder letztlich aus der Produktion auszusteigen. Zwei Monate Proben, und ich ahnte, nein, wusste, was mich am Premierenabend erwarten würde. Und habe es nicht verhindern können. Da gibt es doch nur eins: Rache. Was ich ja dann auch ... Aber so weit sind wir noch nicht. Noch sind wir bei der Ensembleversammlung, zwei Wochen nach meinem ersten Triumph. Noch sind wir bei Siegfried und dem Moment, als ich von seinen Pupillen aufgesogen wurde. Einfach geschluckt. Ich brachte dann nach den peinlichen Sekunden, die meinem abrupten Redestopp folgten, nur noch einen Satz stotternd zustande: »Ich zieh meine Bewerbung zurück.«

Münster. Münster in Westfalen. Dazu fällt mir nun wirklich nichts ein. Halt! Irgendwas war mit Münster.

Ich glaube, auf der Schauspielschule war eine, die kam daher. Egal. Warum auch nicht.

Der Mensch mir gegenüber kann das übrigens auch, das Starren und Stieren. Sieht so aus, als hätte der seit Osnabrück nichts anderes getan. Der also auch. Soll er ruhig. Wenn's ihm Spaß macht. Diesmal hab ich absolut keinen Sinn dafür. Locke und graublaue Augen hin oder her. Diesmal bin ich völlig immun dagegen. Damals war ich das nicht. Siegfried hatte leichtes Spiel mit mir. Vielleicht hab ich's ihm zu leicht gemacht. Was weiß ich. Ich hab ihn nicht mehr gefragt. Was mich betraf, so war die Sache von dem Moment an klar, als ich kopfüber in seine grünen, braun gesprenkelten Pupillen abtauchte. Und natürlich dachte ich, naiv, wie ich nun mal war, für ihn sei's auch nicht anders. Als ausgerechnet die Kollegin, die ich nicht ausstehen konnte, zur Ensemblevertreterin gewählt wurde – meine Schuld – und sich die Versammlung langsam auflöste, blieb ich mit der ruhigen Gewissheit sitzen, dass er sofort, nachdem der Letzte den Raum verlassen hätte, aufstehen, auf mich zukommen und mir seine Hand hinstrecken würde. Ich sah uns schon Hand in Hand durch die nächtlichen Straßen rennen, in Ermangelung eines Ostseestrandes. Stattdessen gehörte er mit zu den Ersten, die durch die Tür ins Freie drängten. Ich saß da und fasste es nicht. Wartete, dachte, er käme zurück. Wollte es spannend machen. Mindestens eine geschlagene Viertelstunde hockte ich mutterseelenallein in dem leeren Raum, beobachtete konzentriert, wie sich die Schwaden des Zigarettenrauchs – wir qualmten damals alle noch ziemlich viel – spiralförmig in den Lichtstreifen auflösten, die durch die halb runtergelassenen Jalousien auf den grauen Bretterboden fielen. Er kam nicht zurück. Dann sprang ich plötzlich auf. »Ich Idiotin, der wartet draußen, und ich dumme Kuh hocke hier drin.«

Aber auch draußen weit und breit kein Siegfried, von dem ich damals noch nicht wusste, dass er mit diesem antiquierten nationalistischen Vornamen geschlagen war. Ich wusste überhaupt nichts. Keinen Namen. Gar nichts. Ich hatte ihn nie vorher gesehen.

Ich fragte Hinz und Kunz. Aber keiner konnte mir weiterhelfen. Wie denn auch. Meine ganze Beschreibung bestand in dem erhellenden Satz: »Er hat grüne Augen mit braunen Sprenkeln drin.« Haarfarbe? Größe? Was er anhatte? Alles gleich null. Ich wusste es nicht.

Er blieb verschwunden. Einen Monat lang bin ich durch alle Gänge des Theaters gestrichen. Lungerte überall rum. Ich stolperte scheinbar versehentlich in fremde Proben. Besuchte die Werkstätten. Konnte ja sein, er war Schreiner oder Schlosser oder Polsterer oder Schneider oder Requisiteur oder sonst was. Vielleicht gehörte er ja zur Technik. Doch mein auffällig zufälliges Rumstehen in der Gasse während der Vorstellungen, in denen ich nun wirklich nichts zu suchen hatte, führte auch zu keinem Ergebnis. Es war zum Verzweifeln. Er war weg. Aber der Mensch konnte sich doch nicht einfach in Luft aufgelöst haben. Der musste doch irgendwie zum Ensemble gehören. Was hatte der sonst auf der Versammlung zu suchen?

Und dann ging ich eines Morgens zur Konzeptionsbesprechung für die neue Produktion, es ging um das Weihnachtsmärchen, und da saß der Kerl doch einfach so da, als hätte er immer da gesessen. Redete mit dem Regisseur und würdigte mich keines Blickes. Einen Moment lang stand ich starr. Wirklich nur einen Moment lang. Dann bin ich auf ihn los wie eine Furie.

»Sag mal, was denkst du dir eigentlich? Machst mich an, und dann verschwindest du einfach. So läuft das nicht. Nicht mit mir. Dass das klar ist. Klar?«

Er grinste und sagte: »Klar.«

»Gut«, sagte ich, schon ein bisschen besänftigt, »dann können wir ja anfangen zu arbeiten.«

Der Regisseur schlug sich vor die Stirn, murmelte was von »Irrenhaus« und »Das hat mir grade noch gefehlt«. Aber ansonsten war das Thema vom Tisch. Als die Probe zu Ende ging, passte ich auf wie ein Luchs. Diesmal hatte er keine Chance, mir zu entkommen. Da gingen wir das erste Mal in dieses Café.

Blöd war nur, dass Siegfried in der Produktion nicht mein Partner war. Ich hatte kaum eine Szene mit ihm. Eine andere durfte sich als Prinzessin von ihm anschmachten lassen. Ich gab den dritten Zwerg von links und die fünfte Elfe von rechts. Ich war zwar nahezu ständig auf der Bühne, aber für ihn war ich unsichtbar. Grandioses Regiekonzept. Die Eifersucht zwickte mich mit glühenden Zangen, wenn ich mit ansehen musste, wie der Prinz seine Angebetete küsste. Stand schließlich im Text. Ich glaube, der Regisseur ließ die Szene meinetwegen so oft proben. Er grinste immer so gemein. Sadist. Er bestand darauf, dass ich immer dabei war, obwohl ich da nicht den geringsten Text hatte. Er hätte an meinen Platz genauso gut einen Stuhl oder eine Stehlampe stellen können. Aber nein, ich stand da dumm rum und bekam Anschauungsunterricht im Küssen. Siegfried schien die Situation zu genießen. Ich sah, dass er diese blöde Schnepfe in echt küsste und sehr viel Inbrunst in die Szene legte. Doch dann ertappte ich ihn, wie er aus den Augenwinkeln zu mir hin schielte, um sich zu vergewissern, dass ich das auch mitbekam. Da hätten bei mir alle Alarmglocken läuten müssen. Taten sie aber nicht. Ich sah darin so etwas wie den Beweis seiner Liebe, bescheuert, wie ich war. Denn wir waren immer noch nicht viel weiter gekommen in unserer Beziehung, die den Namen nicht verdiente. An mir lag es nicht. Meine Signale waren eindeutig. Die konnte er nicht missverstehen. Es sei ein Zeitproblem, sagte er. Er tat oft sehr wichtig. Fand ich blöd. In Wirklichkeit war ich neidisch, wenn ich ihn mit dem Regieassistenten über Probentermine diskutieren hörte. »Da kann ich nicht. Da hab ich einen Drehtag.« Oder: »Wär nett, wenn du mich in der nächsten Woche raushalten könntest. Ich drehe in

Hamburg.« Da wusste ich noch nicht, wer seine Mutter war. Obwohl, er war wirklich gut. Protektion ist das eine. Doch es muss schon noch was dazukommen.

Aber ich war auch gut. Das hatten mir alle gesagt, und die Zeitungen hatten es geschrieben. Und vor allem wusste *ich* das. Ich würde auch die winzigste Rolle akzeptieren. Nur erst mal einen Fuß drin haben, in dem Geschäft. Das Theater würde ich nie aufgeben. Das auf keinen Fall. Dafür lebte ich ja. Ich war mir auch nicht zu schade dafür, im Weihnachtsmärchen diese Wurzen zu spielen. Das gehörte zur Ausbildung. Auch in Nebenrollen braucht's Klasse, sagte ich mir. Aber, wie gesagt, ich war scharf drauf, mein Gesicht im Kino zu sehen oder wenigstens auf der Mattscheibe. Doch ihn darauf anzusprechen, ob er vielleicht einen Kontakt herstellen, mich mit jemandem aus der Branche bekannt machen könnte, dafür war ich mir denn doch zu schade.

Und dann sagte dieser Mensch nach vier ereignislosen Wochen, die unsere Nichtbeziehung schon dauerte: »Morgen Abend um acht bei uns zu Haus. Meine Mutter will dich kennen lernen. Ich hab ihr viel von dir erzählt.«

Muss eine tolle Frau sein, dass sie den zum Reden bringt, dachte ich. Ich kannte ihn nach wie vor meistens schweigend. Wenn er im Theater war, Probe hatte oder überhaupt im Land war, wartete er immer in der Kantine auf mich. Dann gingen wir zusammen in dieses Café. Das hatte Aquarien als Wände. Und da saßen wir und sahen die Fische an. Und die Fische sahen uns an. Und dann sahen wir uns an. Verschränkten unsere Hände in der Mitte auf dem Tisch und blieben so. Lange. Blöd war nur, dass mich bei diesem gegenseitigen Anstarren oft ein Hustenreiz überfiel. Ich hatte plötzlich keine Spucke mehr im Mund. Das macht die tollste Stimmung kaputt.

Vor dem Café und auf dem Heimweg gab's an jeder Ecke die dollste Knutscherei. Vor meiner Tür legte er zwar die Hand auf meinen Hintern, zog mich eng an sich, und ich spürte, wie sich in seiner Hose was regte. Aber dann ließ er mich immer ganz plötzlich los und rannte weg. Meistens schrie er dabei irgendwas, und diesmal, nachdem er mich zu sich nach Hause eingeladen hatte, meinte ich »Bald! Bald!« verstanden zu haben.

Mir waren dann jedes Mal die Knie weich, und ich schaffte es kaum rauf in meine Bude, schmiss die Kleider von mir und warf mich aufs Bett. O meine Phantasien. Gut, dass sich meine Finger damit so gut auskannten.

Dieser nette Mensch gegenüber guckt, als ob er wüsste, woran ich grade denke. Jetzt steht er auf. Ach so, der will aussteigen. Wo sind wir denn jetzt? Dortmund. Sagt mir nichts. Nee, doch nicht, der holt nur seine Tasche aus dem Gepäcknetz. Einen knackigen Hintern hat er, so wie Siegfried.

Siegfried hatte einen sehr knackigen Hintern und zwei Grübchen neben dem Steißbein. Die mochte ich sehr. Ich sah sie zum ersten Mal am Abend nach der Fete bei seinen Eltern. Das war ein Abend. Wow!

»Zieh dir was Nettes an.« Der Satz hatte mich erst mal in die absolute Verzweiflung gestürzt. Wie nett? Für welchen netten Zweck? Zwei Stunden Entscheidungsqual verwandelten meine bescheidene Bude in ein einziges Chaos. Sie müssen das so sehen. Ich ging ja noch davon aus, dass er mich seinen Eltern sozusagen als zukünftige Schwiegertochter vorstellen wollte. Und da ich damals, wie schon gesagt, noch keine Ahnung hatte, was das denn nun für Menschen waren, wusste ich auch nicht, wie ich vor ihnen erscheinen sollte, um akzeptiert zu werden. Akzeptiert werden, das wollte ich auf jeden Fall. Erst jetzt fiel mir auf, wie wenig er bisher von zu Hause erzählt hatte. Andererseits auch nicht verwunderlich. Er hatte ja generell nicht viel erzählt.

Sollte ich also ganz bieder kommen? War schwer. Meine Biederkeit hatte ich in dem Moment aus meinem Kleiderschrank entfernt, als ich zur Schauspielschule ging. Ich wusste, was ich meinem neuen Status schuldig war. In dem Fummel vom Flohmarkt in Paris sah ich Klasse aus. Das wusste ich. Dieser halb durchgewetzte Samt hatte fast den gleichen Ton wie meine Haare, so rostrot. Den Fummel hatte mir mal ein Typ gekauft, mit dem ich eine kurze, heiße Affäre hatte. Dauerte nur eine Woche. Ich lernte ihn kennen, als wir zusammen auf den Bus warteten. Es regnete. Er hatte einen Schirm. Ich hatte keinen. Gleich am nächsten Tag fuhren wir nach Paris, blieben dort den Rest der Woche, und das war's dann. Nie wieder was von dem gehört. Dass er mir das Kleid geschenkt hat, fand ich nett. Als ich es anzog, sagte er: »Meine russische Großfürstin.« Also gehörte ich in dem Outfit eindeutig ins dramatische Fach. Und ob das an diesem Abend gefragt war, wusste ich nicht.

Schließlich kam ich zu dem Schluss, dass ich mich in der schwarzen Samthose, dem weißen Männerhemd und der grauweiß gestreiften Weste drüber am wohlsten fühlte. Das hätte ich schneller haben können. So lief ich eigentlich immer rum, wenn nicht die ausgefransten Jeans und das alte verwaschene Schlabber-Shirt dran waren.

Siegfried holte mich ab. Ich wusste bis dahin nicht, dass der überhaupt ein Auto hatte. Und was für eins.

»Gehört das dir?«

»Klar. Wieso?«

»Sonst fährst du immer U-Bahn. Ich hab dich nie in dem geilen Schlitten gesehen.«

»Freut mich, dass er dir gefällt. Haben mir meine Eltern zum Abitur geschenkt.«

Noble Eltern, muss ich schon sagen. Ich bekam Zweifel, ob meine Kleiderwahl die richtige war. Die Zweifel verstärkten sich, als wir vor dem Haus hielten. Eine mehrstöckige Villa, Gründerzeit. Ich wusste, was es kostete, in dem Teil der Stadt eine Wohnung zu mieten. Dass das ganze Haus seinen Eltern gehörte, kam mir damals noch nicht in den Sinn. Und was da an Nobelkarossen vor der Tür stand. Mir wurde ganz blümerant zu Mute.

Und sie waren alle da. Na ja, alle ist ein bisschen übertrieben. Aber die, die da waren, kannte ich alle. Nicht persönlich. Ach wo. Aber ich hatte neunundneunzig Prozent von den Gesichtern schon mal gesehen. Im Fernsehen. Im Kino. Und nun gaben die mir die Hand, sagten irgendwas. Was, hab ich meistens nicht mitgekriegt. Ich war wie benebelt. Stellen Sie sich das mal vor. Weiß ja nicht, ob Sie auch irgendwelche Idealvorstellungen von Ihrem Leben haben. Von einer Welt träumen, zu der Sie unbedingt gehören wollen. Und plötzlich stehen Sie mitten drin. Da muss man doch ausflippen.

»Julia« hin oder her, so vom Gefühl und auch von der Hierarchie her war ich doch immer noch nicht mehr als der dritte Zwerg von links. Und jetzt das. Es war unglaublich. Einfach Wahnsinn. Ich ging wie auf Wolken. Ich dacht, ich träum. Oder wie würden Sie sich fühlen, wenn der Mensch, den Sie seit Ihrem zwölften Lebensjahr angehimmelt haben, den Sie unzählige Male geküsst haben – natürlich nur im Fernsehen. Meine Mutter schimpfte immer über die Fettflecken, die sie von der Mattscheibe wischen musste. Also, wenn der so plötzlich leibhaftig vor Ihnen stünde. So aus Fleisch und Blut. Da müssten Sie doch auch erst einmal tief durchatmen. Ich kam mir vor wie in dem Woody-Allen-Film »Purple Rose of Cairo«. Da kommt der von Mia Farrow angehimmelte

Traummann auch einfach von der Leinwand runter und verlässt mit ihr das Kino. Und mein Traummann sagte auch noch: »Ich war im Theater. Habe Sie als ›Julia‹ gesehen. Sie haben ein großes Talent. Machen Sie was draus.«

Das wollte ich ja. Und wie ich das wollte. Gebt mir nur eine Chance.

Und dann sagte Siegfried: »Mama, darf ich dir Michaela vorstellen?« Und die Mama war sie. Na eben, die mit dem schwarzen Mini-T-Shirt-Kleid, den roten Stilettos, dem Chiffonschal und dem Phantasiegebilde aus Plastikblumen, Tüll und Schleifen auf dem Kopf. Die Filmproduzentin. An diesem Abend war der Tüll schwarz und hatte schwarze Tupfen. Er hing, am Hinterkopf lose zusammengerafft, von einer Art Pillbox, die auf ihrem Haupt thronte, und verdeckte halb ihr Gesicht. Dafür war das Kleid knallrot, und der Schal war aus alter Spitze, blauschwarz, und dazu trug sie schwarze Lacksandaletten. Ich fand sie umwerfend.

»Ach«, sagte sie, »wir kennen uns ja. Schade, dass es damals nicht geklappt hat. Aber es gibt sicher ein nächstes Mal. Nur für die Figur, die wir suchten, haben Sie einfach zu viel Power. Dass Sie widerstandslos einer anderen Platz machen, hätte man Ihnen nicht abgenommen.«

So sah ich mich auch. Aber wie man sehen wird … Obwohl dann … Doch das gehört noch nicht hierher. Keine Angst. Ich verspreche Ihnen, ich erzähle Ihnen alles. Verheimliche nichts. Generalbeichte ist Generalbeichte. Aber an dem Abend hingen tausend Himmel voller Geigen. Siegfried wich nicht von meiner Seite. Vielleicht weil mein ›Traummann‹ das auch nicht tat. Was machte es da schon, dass er in echt wesentlich verknitterter und mitgenommener aussah als im Fernsehen. Er war er. Und so stand ich eingerahmt von dem virtuellen und dem wirklichen Mann meines Lebens da wie eine Königin und hielt Hof. Mir war, als seien die Leute alle nur da, um mir was Nettes zu sagen. Und als Siegfried mir irgendwann ins Ohr flüsterte: »Komm, ich will dir was zeigen«, war ich eigentlich gar nicht bereit und willens, das Fest schon zu verlassen. Ich hätte mich gerne noch ein bisschen länger hofieren lassen. Ich protestierte noch, als er mich in den alten Fahrstuhl schob.

Was er mir dann allerdings zeigte … Na, ich sage Ihnen. Erst mal küsste er mich, während sich dieses alte Ding ratternd in die Tiefe bewegte, wie er mich noch nie geküsst hatte. Ich war noch nie ohnmächtig geworden. Aber jetzt stand ich kurz davor. Der Boden sank mir unter den Füßen weg. Das musste man nicht unbedingt als ein Zeichen besonderer Leidenschaft ansehen. Schließlich ging's ja abwärts. Aber das Gefühl blieb, selbst als dieser Drahtkäfig im Parterre mit hartem Ruck aufsetzte. Dann wechselte das Gefühl, und ich dachte, ich führe gen Himmel. Was auch wiederum schlicht der Wahrheit entsprach. Da wir mit Küssen und Fummeln intensiv beschäftigt waren, kamen wir nicht dazu auszusteigen. Irgendwelche Menschen holten uns wieder hoch. Wir haben nicht weiter auf sie geachtet. Wir hatten zu tun. Irgendwann, ich glaube so nach der dritten oder vierten Fahrt, fiel es Siegfried wieder ein, dass er mir doch was zeigen wollte. Wir schafften es diesmal tatsächlich, im Parterre auszusteigen. Herrschte wohl vorübergehend kein Bedarf am Aufzugfahren.

Siegfried nahm einen Schlüssel aus der Hosentasche und schloss links unten eine Wohnungstür auf.

»Voilà, Madame«, sagte er, »wenn Sie bitte näher treten wollen.«

Und dann nahm er mich auf den Arm, der Spinner, und trug mich über die Schwelle, durch den Flur, stieß mit dem Fuß eine Tür auf, und wir sanken zusammen auf ein Wasserbett.

Dass das bis zu diesem Zeitpunkt das einzige Möbel in der Wohnung war, sieht man mal von der komplett eingerichteten Einbauküche ab, sollte ich erst am anderen Morgen feststellen. In dieser Nacht entdeckte ich die Grübchen neben seinem Steißbein und noch einiges andere, das ich vorher nicht kannte. Ich war sehr damit einverstanden. Ich fand das Ganze ... nicht zu beschreiben. Ja, ich bin romantisch. Sentimental. Was ist schlimm dran?

Und als wir dann irgendwann einschliefen und irgendwann wieder aufwachten, sagte er, nachdem wir etwas länger damit beschäftigt gewesen waren, uns gegenseitig der Grübchen im hellen Tageslicht zu versichern – wo ich meine habe, sag ich Ihnen nicht: »Nach dem Frühstück fahren wir zu dir und holen deine Sachen. Wenn du einverstanden bist.«

Einverstanden?! Was für ein lächerlicher Ausdruck. Was für ein »unzureichendes Wort«. In manchen Momenten muss ich sogar meinen Vater zitieren.

Die nächsten zwei Jahre überspringe ich. Sonst werde ich nie fertig. Schließlich sind wir gleich schon in Wuppertal. Zwei Jahre Glückseligkeit an allen Ecken. Mehr muss ich dazu nicht sagen.

Gut, seine Schwierigkeiten, sich zu entscheiden, waren nervig. »Wollen wir essen gehn?« – »Ich weiß nicht.« ... »Soll ich uns was kochen?« – »Ich weiß nicht.« ... »Gehn wir ins Konzert?« – »Ich weiß nicht.« ... »Wohin wollen wir in Urlaub fahren?« – »Müssen wir das jetzt schon entscheiden?« Und, und, und. Und dass er noch nicht viel redseliger geworden war, störte mich auch ab und an. Aber alles andere – einfach optimal. Das Projekt ›gemeinsames Wohnen‹ war ein voller Erfolg. Es ging mir blendend. Ich hatte meine erste kleine Fernsehrolle erfolgreich abgedreht – als Powerweib. Lobende Erwähnung in der ein oder anderen Fernsehzeitung. Eine größere Rolle so gut wie sicher. Siegfried war zum Nachwuchsdarsteller des Jahres gewählt worden. Und ich sah mich zumindest auf dem Weg dorthin, es im nächsten Jahr auf dem weiblichen Sektor zu schaffen. Uns gehörte die Welt. Gut, auf dem Flokatiteppich, mit dem wir unser Wohnzimmer verschönerten, hatten wir uns schon länger nicht mehr ausgetobt. Und die durchwachten Nächte auf dem Wasserbett wurden auch seltener. Aber schließlich gehörten wir ja jetzt zur hart arbeitenden Menschheit. Da hieß es Opfer bringen. Doch immer noch gab es Momente, die waren Sex und Liebe pur.

Und dann fuhren wir in Urlaub nach Japan. Und der war unsagbar toll. Als wir wieder daheim waren, dachte ich, ich sei bestimmt schwanger, weil ich mich so rund fühlte. Wär kein Wunder gewesen, so oft wie wir's in den drei Wochen miteinander getrieben hatten. Und alles ohne Pille. Wir wollten es drauf ankommen lassen, dachten: Wenn's klappt, so ist es toll. So ein rundes, quietschendes Baby ist genau das, was uns noch fehlt, und das kriegen wir schon klar, das mit Karriere und Kind.

»Wir wechseln uns ab, Michaela. Mal bleibst du zu Hause. Mal ich. Ich bin sicher, ich werd ein Klassevater.«

Und ich habe alles geglaubt. Ich denke, er sogar auch.

Dann fing die neue Spielzeit an, und mit der neuen Spielzeit kam Gaby. Ich hab mich unglaublich gefreut. Wir waren zusammen auf der Schauspielschule und haben ständig zusammengehockt und ziemlich viel Blödsinn angestellt. Sogar die lesbische Phase haben wir zusammen ausprobiert. Schließlich wollten wir ja wissen, worauf man zur Not zurückgreifen muss, wenn das mit den Männern nicht klappen sollte. Aber die Experimente mit den Männern haben uns mehr Spaß gemacht. Mit ihr zusammen hatte ich meinen ersten flotten Dreier. Mit Gaby gab's den ersten Gruppensex. Wir hatten keine Geheimnisse voreinander. Wir stellten eine Bewertungsskala auf, ergingen uns in detaillierten Schilderungen der Vorzüge und Nachteile unserer jeweiligen Sexpartner. Alles nur studienhalber. Die armen Männer, wenn die gewusst hätten.

Gaby ging kurz vor unserer Abschlussprüfung nach New York, zum Actor's Studio.

»Ich brauch das, Michaela. Ich will international Karriere machen.«

Das wollte ich auch. Aber ich hatte keine Eltern, die das saftige Schulgeld und die Kosten für Unterkunft und Verpflegung auf den Tisch blättern konnten.

Ich habe dann nie wieder etwas von ihr gehört, weil ich auf ihren ersten Brief, in dem sie mir in den höchsten Tönen etwas vorschwärmte, nie geantwortet habe. Ich war einfach zu neidisch. Und jetzt tauchte sie so mir nichts, dir nichts an unserem Theater auf. Ich wusste gar nicht, dass sie wieder in Deutschland war. Musste wohl mit der internationalen Karriere nicht so recht geklappt haben. Na ja, ein bisschen Schadenfreude muss einem doch gegönnt sein.

Sie war genauso von den Socken wie ich, mich da plötzlich vor sich zu sehen.

»Mensch, MM-chen«, so nannte sie mich immer, »ich fass es nicht. Du hier. Das ist das Tollste, was mir passieren konnte. Jetzt mischen wir den Laden hier ein bisschen auf. Gegen uns zwei kann keiner anstinken.«

Aber gleich vom ersten Moment an stimmte was nicht, obwohl wir so taten, als wär alles noch wie früher. Zuerst spürte ich ihre Rivalität in unserem Job. Dabei mussten wir uns eigentlich gar nicht in die Quere kommen, so verschieden, wie wir waren. Sie war das ganz andere Fach, die klassische Tragödin im althergebrachten Sinne. Ich wurde als Jugendlich-Naive geführt. Und trotzdem. Wie sie mich bei der ersten Ensemblebesprechung, als es um die Besetzungen der ersten Produktionen in der neuen Spielzeit ging, sozusagen aus einer Rolle lobte, war schon Klasse. Irgendwie hatte sie mich ausgetrickst. Das traf. Passiert mir sonst nicht so leicht. Also spielte sie die Elektra und nicht ich. Was nicht falsch war. Sie lag genau drauf. Aber ursprünglich wollte der Regisseur die Rolle atypisch besetzen und hatte mich dafür ausgeguckt. Es wäre eine Herausforderung gewesen. Ich hätte mich schon mal für die Zeit erproben können, in der ich dem jugendlich-naiven Fach entwachsen sein würde.

Noch bestand keine Not. Und der Puck im »Sommernachtstraum« ist ja eine Superrolle, und jugendlich-naiv muss man den nun wirklich nicht spielen. Aber irgendwie blieb so ein ungutes Gefühl zurück. Ich traute ihr nicht mehr, ließ sie das aber nicht spüren. Wir hockten nach wie vor so oft wie möglich zusammen, konnten immer noch über irgendwelchen Schwachsinn endlos vor uns hin kichern, umhalsten und küssten uns nahezu ständig, wenn wir uns sahen. Aber das hat im Theater nicht viel zu bedeuten. Ich denke, nirgendwo sonst werden so viele Judasküsse ausgetauscht wie da.

Und dann kam Siegfried zurück. Er war die halbe Spielzeit beurlaubt gewesen, hatte gerade seinen ersten größeren Kinofilm abgedreht. Irgendwo in Manila oder Borneo. Auf jeden Fall sehr weit weg. Ich hatte ihn schrecklich vermisst. Er mich anscheinend auch. Er sprach von Heirat und »Heut Nacht mach ich dir ein Kind«. Und das versuchten wir dann auch fast vierundzwanzig Stunden lang. Zwischendrin sind wir mal kurz aufgestanden, haben zwei Spiegeleier gebraten, und jeder hat fünf Marmeladenbrote gegessen. Und am nächsten Abend ist er losgehetzt und hat schnell noch eingekauft, weil er für uns zwei was ganz Leckeres kochen wollte.

Und wie er so am Herd stand, nur ein Küchentuch um die Hüften geschlungen, um Verbrennungen an der Stelle zu verhindern, die ich zusätzlich gerade mit meinen Händen schützte, klingelte es.

»Wir sind nicht da«, flüsterte er. Ich nickte nur und ließ meine Hände da, wo sie waren. Es klingelte wieder und nach zehn Sekunden noch mal. Wir ließen uns nicht stören. Siegfried hatte sich mittlerweile zu mir umgedreht, und gerade als er seine linke Hand auf meinen nackten Hintern legte und mit der rechten das Gas unter der Pfanne ausmachte, klopfte es kräftig von außen gegen das Küchenfenster. Und als ich hinsah, drückte Gaby ihre Nase an der Scheibe platt. Das ist eben der Nachteil von Erdgeschosswohnungen mit Freisitz vor der Küchentür.

Ich meine, die Situation, in der sie uns ertappte, war ja eindeutig. Eindeutiger kann eine Situation wohl kaum sein. Aber denken Sie, die hätte sich dezent zurückgezogen? Nicht die Spur. Sie nickte anerkennend, hob dann die linke Hand und streckte drei Finger in die Luft, tippte sich auf die eigene Brust und zeigte dann auf uns. Ich konnt's nicht fassen. Als seien diese Zeiten nicht längst vorbei. Dann grinste sie, und mein Siegfried grinste zurück und nickte auch. Er nickte! Erst dann fragte er: »Kennst du die?«

Und ich sagte: »Das ist meine Freundin Gaby.«

Und er: »Dann wollen wir sie mal reinlassen.«

Und so, wie er war, ging der doch glatt zur Tür und öffnete. Er hatte wenigstens soviel Anstand, sie vorgehen zu lassen. Ich wäre ausgesprochen sauer gewesen, wenn sie gleich beim Entrée seinen Hintern hätte bewundern dürfen. Die Grübchen gehörten mir.

Da sie nun mal da war und das Essen eigentlich schon auf dem Tisch stand – Siegfried musste nur das Gas unter der Pfanne für die Steaks wieder anmachen, alles andere war sozusagen schon fertig –, fragte ich, ob sie mit uns essen wolle.

Ich Volltrottel. Ich hirnverbrannte Idiotin. Ich hätte sie rausschmeißen sollen. Auf der Stelle. Aber ich war blind, arglos wie ein neugeborener Säugling. Randvoll mit Liebe, wollte ich alle Welt dran teilhaben lassen, und alle Welt war in dem Moment Gaby. Unser durch sie unterbrochenes Tun konnten wir ja später fortsetzen. Und wer weiß, dachte ich, vielleicht war ja eine kleine Pause ganz erholsam. Also zogen wir uns was über, auch wenn Gaby meinte: »Tut euch bloß keinen Zwang an. Mich stört's nicht.« Doch wozu hatten wir aus unserem letzten Urlaub für jeden von uns einen wunderschönen Kimono mitgebracht.

Zuerst war auch alles o.k. Siegfried brutzelte vor sich hin, erzählte von den Dreharbeiten. Gut, er spreizte sich ein bisschen. »Es staubt«, dachte ich amüsiert, denn ich gönnte ihm seinen Stolz. Es fiel von dem Glanz ja auch etwas für mich ab. Doch dann meinte Gaby, dagegenhalten zu müssen, und fing an, von New York zu erzählen. Dass Siegfried da gebannt zuhörte, konnte ich noch verstehen. Tat ich ja auch. Wenn's auch für meinen Geschmack ein bisschen dick aufgetragen war. Aber nach dem Essen ... Siegfried wäscht immer gleich ab, er hasst es, wenn das schmutzige Geschirr vom Abend beim Frühstück noch rumsteht. Mich kotzt es an, ein schönes Essen mit dieser hassenswerten Fron zu beenden. Das war unser einziger ständiger Streitpunkt. Also Siegfried fing an abzuwaschen, und Gaby bestand darauf abzutrocknen. Ich sollte sitzen bleiben und sagen, wo alles hinkam. Und wie sie da so hin und her tänzelte, vom Spülbecken zum Schrank und zurück, dachte ich: Meine Güte, dachte ich, wie die ihren Hintern kreisen lässt. Und dann dieses Geflöte: »Ach, Siegfried, deine Steaks waren märchenhaft. Und der Salat –

zum Niederknien. Also, so ein Kartoffelgratin habe ich noch nie gegessen. Bitte, bitte«, und jetzt patschte sie doch tatsächlich neckisch in die Hände, »leih mir diesen begnadeten Koch mal aus, Michaela. Er ist einfach göttlich.«

Ich drehte mich zu Siegfried um, dachte in seinem Gesicht nur Spott und Hohn zu finden. Aber der guckte dämlich wie'n angestochener Stier. Das kann doch nicht wahr sein. Der lässt sich von dem albernen Gesülze einlullen? Der findet das nicht zum Kotzen, dieses »Hach!« und »Huch!«, ihr »Nein, wie toll, wie machst du das bloß«, mit dem sie mir schon beim Essen auf die Nerven gegangen war? Unerträglich. Doch ihm schien's zu gefallen. In mir machte sich eine leichte Säuernis breit, und ich dachte nur, hoffentlich ist der Abend bald vorbei. Hoffentlich haut die endlich ab. Aber Gaby dachte gar nicht daran. »Ach, ist es bei euch gemütlich. Krieg ich noch ein Glas Wein?«

Die gurrte und kiekste und kurvte mit ihrer Stimme in Höhen herum, die ich ihr nie zugetraut hätte. Die klassische griechische Tragödin machte auf Weibchen. Absolute Fehlbesetzung. Total daneben. Nur der Kerl an unserer Tafel schien das nicht so zu sehen. Der hing ja förmlich an ihren Lippen. Kam es mir nur so vor, oder rückte der seinen Stuhl immer näher an ihren ran? Und jetzt legte sie sogar ihre Hand auf seinen nackten Oberschenkel. Scheinbar zufällig, nur um eine Pointe zu unterstreichen. Ich musste handeln.

»Gaby, nimm mir's nicht übel. Aber ich bin furchtbar müde und …«

Weiter kam ich nicht.

»Dann geh doch ins Bett, mein Schatz. Ich trink mit Gaby noch einen, wenn sie mag.«

»Einen nehme ich noch, ›one for the road‹, wie der New Yorker zu sagen pflegt.« – Diese dämliche, angeberische Kuh hatte ich mal als meine Freundin angesehen? – »Schlaf gut, MM-chen.«

Nun stand ich da. Eiskalt abserviert. Was sollte ich tun? Sitzen bleiben und den Aufpasser spielen? Mir dieses Getue weiter zumuten? Nee, ich hab ja schließlich auch meinen Stolz. Also umarmte ich Siegfried, küsste ihn hinter sein linkes Ohr, flüsterte: »Komm bald nach.« Und er, während er mir den Hintern tätschelte: »Ja, ja. Mach ich.« Auf Gabys »Have a nice dream« hätte ich gut verzichten können.

Ich lag im Bett, allein in diesem großen erinnerungsträchtigen Wasserbett. Ich ließ die Tür offen, die Ohren aufgestellt wie Satellitenschüsseln. Doch dann, als ich mich dabei ertappte, wie ich versuchte, lautlos dem Bett wieder zu entsteigen, um an der Tür zu lauschen, machte ich sie entschlossen und hörbar zu. Ich wollte mich nicht noch selbst demütigen. »Aber ich werde kein Auge zumachen«, dachte ich.

Als ich wieder was anderes denken konnte, schien die Sonne hell in unser Schlafzimmer. Das konnte nur bedeuten, dass erstens schönes Wetter war und dass es zweitens schon weit nach Mittag sein musste. Die Sonne verschaffte sich frühestens gegen eins Eintritt in unsere ›Lasterhöhle‹.

Apropos ›Lasterhöhle‹. Wo war Siegfried? Er lag friedlich schlummernd neben mir, die Hände unterm Kinn zu Fäusten geballt, zwei steile Falten zwischen den Augenbrauen. Mein Gott, wie ich diesen Kerl liebte. Ich wollte jetzt und auf der Stelle mit ihm schlafen. Ich wußte, wie sehr er das mochte, auf diese Art und Weise aus dem Schlaf geholt zu werden. Also begann ich zärtlich an ihm zu knabbern und ihn zu streicheln. Doch statt sich das wie sonst eine Zeit lang gefallen zu lassen, während sein Grinsen immer breiter wurde und er irgendwann nur schläfrig murmelte: »Nicht aufhören. Weitermachen«, schob er diesmal meine Hand abrupt weg, brummte: »Lass mich schlafen!« und drehte sich auf die andere Seite. Da lag ich nun. Mein frustrierter Blick fiel auf die besagten Grübchen. Ich schnupperte. Ich hätte mit Tucholsky sagen mögen: Es ist ein fremder Hauch auf dir.

Sei nicht albern, Michaela. Steh auf, mach dir Frühstück und lass den armen Mann ausschlafen. Drei Monate Manila oder Borneo, der Flug, Jetlag, vierundzwanzig Stunden lang viel Sex, kaum Schlaf. Der Mann muss ausgepowert sein. Der braucht eine Erholungsphase. Ich wusste nicht, wie Recht ich damit hatte.

Ich ging in die Küche, mümmelte mein Müsli, trank meinen allmorgendlichen Becher Milch, der heute ein nachmittäglicher war, und beschwichtigte die Stimme in meinem Innern, die da ständig was von Verrat und Betrug murmelte.

Dann wurde es Zeit für die Vorstellung. Ich musste los. Siegfried hatte sich immer noch nicht gerührt. Ich duschte, ließ die Badezimmertür offen, machte so viel Krach wie möglich. Nichts tat sich. Und als ich ins Schlafzimmer ging, ihn vorsichtig auf die Wange küsste und fragte: »Bist du o.k?«, murmelte er nur: »Hm.« Ich konnte nicht anders. Ich musste ihn noch mal küssen. Keine Reaktion.

»Ich bin um elf wieder da. Soll ich uns 'ne Pizza mitbringen?«

»Weiß nicht.«

Im Theater nahm ich Gaby unter die Lupe. Ich konnte keine Veränderung an ihrem Verhalten feststellen. Sie war wie immer. Nur dass sie noch mal anfing, das Essen vom Abend vorher in den höchsten Tönen zu loben. Ich fand's nervig. Als sie mich nach der Vorstellung fragte: »Trinkst du mit mir in der Kantine noch ein Glas Wein?«, sagte ich: »Nein, ich muss heim. Siegfried wartet.«

Sie sagte nur: »Ach ja? Dann allerdings ...« Und als ich rausging: »Dein Siegfried ist ein netter Kerl. Grüß ihn von mir.«

Das würde ich ganz bestimmt nicht tun. Ich konnte es auch gar nicht, selbst wenn ich mich dazu durchgerungen hätte. Er war nicht da. Auf dem Küchentisch lag nur ein Zettel: »Mama hat angerufen. Warte nicht auf mich. Es wird sicher spät.«

Von wegen »Mama!«. Aber damals wollte ich es glauben. Auch die nächsten Tage wollte ich die Anzeichen nicht wahrhaben. Ich stellte mich blind und taub. Meine Güte, entwickelte ich einen Phantasiereichtum, um Erklärungen dafür zu finden, dass Siegfried nicht da war, wenn ich nach Hause kam. Warum er in der Kantine nicht auf mich wartete. Warum wir seit diesem Abend mit Gaby nicht mehr miteinander geschlafen hatten. Es gab so gute Entschuldigungen: Er steckt kopfüber in seiner neuen Produktion. Ich in meiner. Wir spielen beide große Rollen. Das fordert die ganze Person. Und so weiter und so weiter.

Es dauerte dann allerdings nur noch eine Woche, bis mir die Augen gewaltsam geöffnet wurden. Gaby übernahm diese undankbare Aufgabe. Weil Siegfried doch so sensibel sei und er fürchterlich darunter leide, mir wehtun zu müssen. Doch die Wahrheit müsse endlich auf den Tisch. Und so erfuhr ich denn, dass noch an dem ersten Abend ein leidenschaftlicher Sex auf meinem Küchentisch stattgefunden hatte. Dass sie sich seitdem jeden Tag getroffen und jeden Tag miteinander »gevögelt« hätten. Gaby sagte wirklich »gevögelt«. Ich kann das Wort nicht ab. Und dass es nun, traurig für mich, keinen Zweifel mehr daran gebe, dass sie sich tief und wahrhaftig liebten.

»Es hat bei uns beiden eingeschlagen wie der

Blitz.« – Wenn er beide *er*schlagen hätte, wär's mir lieber gewesen. – »Und darum ist es wohl für alle Beteiligten das Beste, wenn du so schnell wie möglich ausziehst.«

Siegfried hätte mir eine andere Wohnung anzubieten, in einem Haus, das auch seinen Eltern gehöre. Die Miete sei erschwinglich, und so wäre doch alles bestens geregelt. Natürlich seien sie beide jederzeit für mich da, wenn ich Hilfe brauchte.

»Glaub mir, Michaela, es tut mir so Leid für dich. Und dass ausgerechnet ich, deine beste Freundin, dir deinen Mann ausspanne ... Ich wollte das nicht, glaub mir. Ich hab mich heftig dagegen gewehrt.« – Kann kein so heftiger Kampf gewesen sein, zieht man den Küchentisch mit in Betracht. – »Aber Gefühle kann man nicht zwingen. Love is love, my dear.«

Noch so eine Plattitüde, und ich kotz auf den Teppich. Ich kotzte nicht auf den Flokatiteppich, ich hing wohl noch zu sehr an ihm, sondern ich saß brav im Sessel, während sie in *meinem* Wohnzimmer, an *meinem* Couchtisch, auf *meinem* Sofa saß, und hörte mir das alles an. Irgendwie erreichte mich das Gerede nicht. Ich dachte nur immer: »Dieser Feigling. Mensch, ist das ein Feigling.« Und in dem Moment verachtete ich ihn, und diese Verachtung half mir, diese Situation souverän durchzustehen.

Ich nahm nur meinen ganz persönlichen Kram mit, passte in zwei Koffer, und zog noch am gleichen Abend aus, obwohl Gaby mir großzügigerweise zwei Tage für die Transaktion eingeräumt hatte. Den Schlüssel für die neue Wohnung mit Adresse sollte Siegfried beim Pförtner im Theater hinterlegen.

Die nächsten beiden Nächte verbrachte ich im »ersten Haus am Platze«. Das war ich mir schuldig. Ich legte mich in die Badewanne, hörte laut Musik und leerte sämtliche Pikkolos aus der Minibar. Ich lag auf dem Bett, sah fern bis zum frühen Morgen, nachdem ich durch den Nachtportier den Pikkolobestand wieder hatte auffüllen lassen. Der frühe Morgen fand mich nackt vor dem Spiegel. Ich prostete mir zu: einen Hochachtungsschluck für meine langen, schlanken Beine ohne Cellulitis, im Gegensatz zu Gabys; einen Schluck auf meine festen Brüste. Zugegeben, sie sind etwas zu klein. Kein Vergleich zu Gabys Vorbau. »Aber«, sagte ich und nahm einen Schluck für die linke Brust und gleich noch einen für die rechte, »wo nicht viel ist, kann auch nicht viel hängen.« Ich fand den Satz ungeheuer komisch. Die nächsten Schlucke sind im Dunkel versunken.

Die Kater – der moralische und der alkoholische – erwischten mich noch nicht gleich am nächsten Tag. Noch weitere vierundzwanzig Stunden hielt mich mein Stolz aufrecht. »Der wird schon sehen, was er davon hat. Dann wird er angekrochen kommen und mich um Verzeihung anflehen. Darum winseln, dass ich ihn wieder in Gnaden aufnehme. Aber ich werde ihm was husten, mich mit einem verächtlichen Lachen« – ich probierte es gleich vorm Spiegel aus –

»von ihm abwenden. Ich werde unerbittlich bleiben. Und wenn er tagelang vor meiner Tür jaulen sollte.«

Das heulende Elend erwischte mich erst zwei Tage später, als ich mutterseelenallein in dieser neuen fremden Wohnung saß, die ich von meinen letzten Kröten, die nach dem Luxuswochenende im Hotel übrig geblieben waren, spärlichst möbliert hatte. Kein Wasserbett. Kein Flokatiteppich, keine Designercouch und keine voll eingerichtete Einbauküche mit allen Raffinessen. ›Jaffa-Möbel‹ zierten mein Heim. Irgendwann würde ich diese Apfelsinenkisten blau anstreichen. Irgendwann. Jetzt war ich wieder auf mich gestellt, musste sehen, wie ich mit meiner bescheidenen Gage mein Dasein fristen konnte. Ich war nicht mehr die Freundin eines Kerls mit Geld. Jetzt sah das Leben wieder anders aus. Und wenn schon. Das war nicht das Problem.

Siegfried hatte ich all die Zeit nicht gesehen. Wir gingen uns aus dem Weg, und irgendwie klappte das auch. An dem Tag aber hatte ich ihn gestellt, ihm beim Pförtner aufgelauert. Am Probenplan konnte ich ja ablesen, wann er ungefähr erscheinen musste. Ich wollte das, was Gaby mir gesagt hatte, von ihm selber hören. Er wurde ganz blass, als ich mich ihm plötzlich in den Weg stellte. Er hob abwehrend die Hände, als erwarte er, dass ich ihm eine klebe. Das hatte ich eigentlich auch vor. Aber diese hilflose Geste machte mich plötzlich ganz wehrlos. Sie rührte mich. Und von dem furiosen Auftritt, den ich mir Wort für Wort wohl überlegt hatte, blieb nur ein einziges Wort: »Arsch!« Dann drehte ich mich um und ging.

Na ja, und als ich danach in die Wohnung kam, war's passiert. Ich heulte und heulte, bis wirklich keine Träne mehr quellen wollte. Ich fühlte mich völlig ausgetrocknet. Und dann kam die Wut – und die wurde immer größer. Mir fielen, selbst im Traum, nur die Szenen ein, in denen er mich enttäuscht, gedemütigt, gelangweilt, verraten hatte. Die Wut tat gut. Und mit der Wut im Bauch ging ich in die Stadt und kaufte ein: eine Wasserpistole, einen Strick, ein Messer, ein kleines Döschen, in das ich ein Aspirin legte und auf dessen Deckel ich: »Gift. Absolut tödlich!« schrieb. Das Ganze packte ich in Geschenkpapier, legte einen Zettel mit den Worten: »Zur freundlichen Benutzung empfohlen – Gruß Michaela« dazu, steckte alles in eines der von der Post für uns freundlicherweise bereitgehaltenen Pakete und schickte es an seine Adresse, die noch vor kurzem meine gewesen war.

Zwei Tage später lauerte er mir beim Pförtner auf. Er kam auf mich zu und lachte. Er lachte noch, als er mich in den Arm nahm und sagte: »Das war mal wieder typisch Michaela.«

Na ja, das Lachen und das In-den-Arm-Nehmen, das machte irgendwas mit mir. Die ganze Wut war plötzlich weg. Was war schon passiert? Er hatte sich in 'ne andere verliebt. So was kommt vor. Dass es ausgerechnet Gaby war, dafür konnte er ja nichts. Wie die sich an ihn rangemacht hat. Der war ja völlig hilflos.

Ich kenn ihn doch. Siegfried ist zu schwach, der weiß nicht, wie widerstehen. Er will freundlich sein, und plötzlich steckt er mittendrin und weiß nicht, wie er da wieder rauskommen soll. Eitel ist er auch. Ichsüchtig und verspielt. Wie alle Schauspieler. Ich weiß. Aber ich liebe – Stopp, Michaela – *liebte* ihn trotz seiner Fehler. Schuld an der ganzen Geschichte war nur Gaby. Sie hätte sich zurückhalten sollen. Schließlich war ich ihre Freundin. Mit der Freundschaft ist jetzt Sense. Gaby lässt den so schnell nicht wieder aus ihren Fängen. Was die mal hat, das hält die fest. Ich mach das nicht. Der Mann, den ich liebe, soll sich freiwillig und nicht unter Zwang für mich entscheiden. Und wenn nicht: adio, mach's gut. So läuft das bei mir. Trotzdem blieb es unverständlich, warum er sich für sie und nicht für mich entschieden hatte, da ich doch so viel toller war.

Ja, und dann hing plötzlich eines Morgens der Besetzungszettel für »Fool for Love« von Sam Shepard am schwarzen Brett. Und May und Eddie, das Geschwisterpaar, das sich in inzestuöser Liebe zerfetzt und trotz aller Versuche, sich zu trennen, nicht voneinander lassen kann, sollten Siegfried und ich spielen. Ich machte einen Luftsprung. Endlich durfte ich mal in die Vollen gehn. Seelisch und körperlich die Sau rauslassen. Nichts gegen die klassischen Rollen. Ich spielte die ausgesprochen gern. Aber der Mensch braucht ja mal ein bisschen Abwechslung. Und diese May war genau das, was ich spielen wollte. Und dann noch mit Siegfried als Eddie. Wir waren das Traumpaar schlechthin. Das war die Super-super-super-Besetzung. Er und ich zum ersten Mal zusammen in einer Produktion. Das Weihnachtsmärchen konnte man ja nicht rechnen. Ich freute mich riesig.

Und dann rief Siegfried am nächsten Abend an und sagte: »Ich muss mit dir reden. Können wir uns in einer halben Stunde bei ›Georgio‹ treffen?«

Er legte auf, sofort, nachdem ich »Ja!« gesagt hatte. Was bedeutete das? Was wollte er von mir? »Georgio« war bis vor vier Wochen unsere Stammkneipe gewesen. Er will, dass ich zu ihm zurückkomme. Das ist es. Er will sich von Gaby trennen. Hat eingesehen, dass es ein Fehler war, sie gegen mich einzutauschen. Na warte, Freundchen. So einfach geht das nicht. Nicht mit mir.

Mein Gott, was zieh ich bloß an? Mein bestes Stück, das verschossene Samtkleid vom Flohmarkt in Paris, konnte er nicht leiden. Er kannte die Geschichte dazu. Und nichts Neues im Schrank, mit dem ich ihn überraschen konnte. Also wieder die schwarze Samthose, das weiße Männerhemd und die grauweiß gestreifte Weste.

Mann, hatte ich Herzklopfen, als ich die Tür zur Kneipe aufstieß. Siegfried saß schon am Tresen. So wie der aussah, war ich völlig overdressed. Der hatte seinen ausgeleierten Jogginganzug an. Mit dem war er noch nie aus dem Haus gegangen. Na, dem musste es aber mies gehen.

»Hi.« Ich quetschte mich in die Lücke zwischen ihm und einem dicken Zigarillorauchег, grinste Georgio an, der seine Zähne bleckte.

»Hi, Michaela, freut mich, dich mal wieder hier zu sehen.«

»Freu mich auch.«

»Hi«, sagte auch Siegfried und dann: »Das Übliche?«

»Das Übliche.«

Aber mein Glas Rotwein stand schon da.

»Und? Was ist los?« Ich versuchte meine Stimme möglichst desinteressiert klingen zu lassen, sah ihn an. Rasiert war er auch nicht.

»Gaby will, dass ich die Rolle im Shepard nicht spiele. Es wäre dir nicht zuzumuten.«

»Was wäre mir nicht zuzumuten?«

Er schob sein leeres Glas Georgio hin.

»Noch einen.«

Georgio hob fragend die linke Augenbraue, als er Siegfried was weiß ich den wievielten Whisky eingoss. Ich zuckte die Achseln.

»Gaby meint, es wäre eine unzumutbare Folter für dich, diese Szenen mit mir zu spielen. Weil wir beide doch erst seit einem Monat getrennt sind.«

Hinterhältiges Aas das, die meint was ganz anderes. Ihr ist es Folter zu wissen, dass ich mit ihm diese Szenen spielen werde. Aber ihr wollte ich unsere Chance ganz bestimmt nicht opfern.

»Nun hör mir mal gut zu, Siegfried, wenn du dazu noch in der Lage bist. Die Zeit mit dir war in Ordnung. Nun ist sie vorbei. O.k.? Ich hab dich geliebt, und nun liebe ich dich nicht mehr. Weil ich nur lieben kann, wenn das auf Gegenseitigkeit beruht. Wenn Gaby für dich die Richtige ist, freu ich mich für dich.«

Er guckte mich schräg von links an. Wusste nicht, was er davon halten sollte. Ich schon. Aber ich machte weiter mit dem Text.

»Und wegen einer vergangenen Liebe eine so tolle Rolle auszuschlagen, ist absoluter Schwachsinn. Also sag ihr, dass ich keine Probleme habe, das mit dir zu spielen. Oder sag ihr besser, dass das mit uns beiden endgültig vorbei ist und dass sie keine Angst haben muss, dass ich dich zurückhaben will.«

Mein Gott, es ist schon erstaunlich, was man in manchen Momenten alles zusammenlügt.

»Genau das hab ich Gaby ja auch schon gesagt. Aber sie glaubt mir nicht.« – Kluges Kind. – »Könntest du mal mit ihr reden?«

»Klar, kann ich das.«

Und so kam es, dass ich am nächsten Nachmittag kurz nach fünf auf die Klingel drückte, neben der zwei Jahre lang Schäfer/Mann gestanden hatte und wo jetzt Schäfer/Leifert stand.

Ich war ehrlich voll der besten Vorsätze. Meine Freundin war sie nicht mehr. Konnte sie nie mehr sein. Aber wir könnten doch trotzdem wie erwachsene Menschen miteinander umgehen. Was hatte ich ihr vorzuwerfen? Dass sie den gleichen guten Geschmack hatte wie ich? – Glauben Sie mir kein Wort. –

Auf jeden Fall streckte ich ihr, als sie die Tür öffnete, meine Hand hin und sagte: »Frieden?« Es kam mir so vor, als zögerte sie kurz, aber dann lächelte sie: »Frieden« und nahm mich in die Arme, und ich ließ es geschehen.

In Wirklichkeit wollte ich ihr von Anfang an eine reinwürgen. Ja, ich geb's zu. Ich wusste nur noch nicht, wie und wann. Meine Anwandlung, mich als großmütige Heroine zu geben, war verflogen. Für dieses Fach war ich noch nicht reif genug. Jegliche Hemmung, die in meinem Innern verborgen mich vielleicht noch hätte zurückhalten können, schwand, als sie plötzlich anfing, meinen Charakter zu analysieren. Saß da mit wichtigtuerischem Gesicht und meinte, mir ein paar Wahrheiten sagen zu müssen. Nur in meinem eigenen Interesse, versteht sich. Damit die nächste Beziehung nicht auch wieder so kläglich scheitern würde. Denn, mal abgesehen davon, dass Siegfried und ich grundsätzlich überhaupt nicht miteinander harmonieren würden, sei es bei meinem Charakter generell schwierig, einen Mann bei der Stange zu halten.

»Du bist eben ein verzogenes Einzelkind. Das ist das Problem.« – Wieso ist das bei mir ein Problem? Bei ihr ist es doch auch nicht anders. Ich kann mich erinnern, wir bildeten den elitären Einzelkind-Club. Damals, vor unendlich anderen Zeiten. – »Du bist ein Luxusgeschöpf.«

Ich??? Also, wenn ich so an mir runtersah: verwaschenes T-Shirt, drei Jahre alt; ausgefranste Jeans, fünf Jahre alt. Sicher, der exklusive Fummel in meinem Schrank, dieses körpernahe, bodenlange silberne Gewand aus Lurexfäden, das ich mir von meiner ersten Fernsehgage gekauft hatte. Ein Einzelstück. Siegfrieds Lieblingskleid. Manchmal musste ich es nur für ihn anziehen, mit nichts drunter. Das machte ihn an. Er wurde dann ganz spitz. – Tempi passati. – Das habe ich ja begriffen. Aber das ist noch lange kein Grund, dass ich mir so was anhören muss:

»Siegfried braucht eine Frau, die ihm Geborgenheit vermittelt. Die nicht immer selbst im Mittelpunkt stehen will. Die für ihn da ist. Bei der er sich ausruhen kann. Du warst für ihn immer nur Stress.«

»Hat er das gesagt?«

»Nicht direkt. Aber ich spüre so was. Ich habe ein Gefühl dafür.«

Einen Scheiß hast du. Aber ihr das zu sagen, brachte ich nicht fertig. Mir war zu kloßig im Hals. Das steckte da fest und ließ keine Worte durch. Einen Schrei vielleicht, aber den wollte ich ihr nicht gönnen. Also wurde der Kloß immer dicker, und als Gaby sich zurücklehnte und dabei eins von den Kissen, die ich mal gekauft hatte, wie eine Schlummerpuppe in den Arm nahm – das war während all der Versuche, eine Familie zu gründen, Siegfrieds und mein Ersatzbaby gewesen –, war's vorbei. Ich schaffte es grade noch ins Bad. Beinahe hätte ich diesmal tatsächlich den Flokatiteppich … Ob sie den hat reinigen lassen? Es müssten einige Spuren unseres exzessiven Liebeslebens dort versickert sein.

Jetzt sah ich nur Spuren von verlaufener Wimperntusche auf meinem Gesicht und hinter mir im Spiegel Gabys besorgte Miene.

»Ist dir nicht gut?«

Doofe Frage. War ja nicht zu überhören gewesen, wie sich mein Innerstes nach außen kehrte. Ich wusste, was sie wirklich wissen wollte.

»Keine Angst, ich bin nicht schwanger.«

»Ich mach dir 'nen Kamillentee.« Sie klang sehr erleichtert. »Das alte Hausmittel hilft immer.«

Wenn sie sich da mal nicht irrte. Womit mir in dem Moment zu helfen gewesen wäre, kann ich nicht sagen. Vielleicht mit einem kleinen Zeitsprung zurück in die Vergangenheit. Als ich noch mit Siegfried in dieser Badewanne links neben mir fröhliche Urständ feierte. Wenn ich daran dachte, dass er jetzt genauso mit Gaby ... Ich hätte schon wieder kotzen können. Aber was sollte das bringen? »Reiß dich zusammen, Kind«, pflegte meine Mutter in solchen Situationen zu sagen, »und wasch dir dein Gesicht.« Diesmal sah ich keinen Grund, der mütterlichen Anweisung nicht zu folgen. Aber was mir da im Spiegel entgegensah, gefiel mir auch nach dem Waschen nicht. Dabei wusste ich, dass das Spiegelbild sonst so übel nicht war. Ich mochte mein Gesicht. »Augen wie Untertassen«, hatte Siegfried immer gesagt. Sie waren dunkelbraun, und ich konnte mit ein paar goldenen Sprenkeln darin dienen. Meine Nase war ein bisschen zu kurz, aber der Mund war o.k. »Darf ich ein bisschen an deiner sinnlichen Unterlippe knabbern?« Warum fiel mir nur das Zeug aus längst vergangenen Tagen ein?

»Dein Kamillentee ist fertig«, säuselte es aus der Küche. Dieses falsche Geflöte.

»Ich komme gleich.«

Vielleicht sollte ich mir ein bisschen Schminke gönnen, die verräterischen Spuren meiner Seelenpein etwas übertünchen. Aber meine Tasche stand im Wohnzimmer. Wo hatte denn Gaby ihr Zeug? Aha, die linke Seite des Badezimmerschränkchens gehörte Madame. Zu meiner Zeit stand da alles bunt gemischt durcheinander. Sein Rasierwasser neben meiner Körperlotion, sein und mein Deo teilten sich das mittlere Fach mit dem Nagellackentferner und seinem Antischuppenmittel. Siegfried hatte hin und wieder gemeint: »Sollten wir nicht mal Ordnung schaffen?« Es hatte in so manchen verschlafenen Momenten die ein oder andere unliebsame Verwechslung gegeben. Aber ich mochte dieses paarweise Auftreten unserer Utensilien. War für mich Sinnbild unserer Gemeinsamkeit. Trugbild müsste ich jetzt wohl besser sagen.

Als ich mich in einen einigermaßen ansehnlichen Zustand zurückgeschminkt hatte und die Tür zu Gabys Teil schloss, fiel mir jäh das Fläschchen wieder ein. Dieses geheimnisvolle Fläschchen, das ich damals, als ich auszog, entdeckt hatte. Ob es noch da war? Es war. Stand noch immer ganz hinten im obersten Fach, hinter dem Etui mit seinem Uralt-Rasierer, den er nicht mehr brauchte, weil er sich schon seit längerer Zeit nass rasierte. Ich benutzte das Ding seinerzeit zu meiner Zeit ohne sein Wissen für meine Beine. Deshalb wusste ich, dass dieses merkwürdige Fläschchen vor seiner Rückkehr aus Borneo oder Manila dort noch nicht gestanden hatte.

Warum ich es jetzt wieder rausholte, den Bindfaden und das Leukoplast um den Stöpsel abmachte und es in meiner Hand verborgen mit ins Wohnzimmer nahm, wusste ich nicht. Erst als ich dort saß und an meinem Kamillentee nippte, während Gaby mit dem Löffel ihre Schokolade schmatzte, wusste ich, warum. Der Inhalt dieses Fläschchens war ohne Zweifel mit Vorsicht zu genießen. Stand sicher nicht umsonst »Caution!« drauf. So ein paar Tröpfchen in Gabys Tasse würden ihr möglicherweise einige Stunden mit heftigem Bauchgrimmen bescheren. Noch besser, wenn sie sich genauso wie eben ich die Seele aus dem Leib kotzen würde. Dieses regelmäßige Gesicht mit der Porzellanhaut. – »Gaby hat eine Porzellanhaut«, hatte Siegfried damals in der Küche gesagt. Da hätte ich schon stutzig werden müssen. Nur, was hätte es genützt? Ich konnte ihn ja schlecht wegsperren. Dieses Porzellangesicht, das ich nicht anders als makellos kannte, nie durch einen Pickel verunziert, wünschte ich mir so verquollen und fleckig, wie meins im Moment war. Warum es also nicht mit dem Inhalt des Fläschchens probieren. Einen Versuch war es allemal wert. Aber wie das anstellen? Ich hielt das

Fläschchen noch immer in der linken Hand, die lässig unter dem Tisch auf meinem Knie lag.

»Geht's dir jetzt besser?«

»Ja, danke.«

»Bleib ruhig noch ein bisschen hier sitzen. Mach dir's bequem. Kannst dich auch ein paar Minuten aufs Sofa legen. Ich muss nur mal in die Küche, den Braten vorbereiten und in die Röhre schieben. Mein Hasi kommt in einer Stunde nach Hause, und dann muss das Essen fertig sein.«

Damit eilte die fürsorgliche Geliebte geschäftig hinaus und ließ mich mit meiner Unzulänglichkeit allein. Und da ergab es sich, dass ich den Stöpsel von dem Fläschchen zog und zwei Tropfen in dieses eklige Zeug fallen ließ, das sie immer aus Bitterschokolade zubereitete. Sie brockte sie in Milch und löste sie im Mikrowellenherd auf. Ekelhaftes Zeug. Sah ungenießbar aus, jetzt, wo sich schon eine Haut darauf bildete. Aber sie schwor darauf. Schon immer. »So ein Kakaopulver hat doch keinen Geschmack. Schließlich heißt es ja auch Schokolade.« Und dann schickte ich noch zwei weitere Tropfen hinterher, für den ›Hasi‹. Mit dem Löffelchen scheuchte ich das Zeug unter die grisslige, schmutzigbraune Haut.

Ich brachte das Fläschchen zurück ins Bad, verkorkte es wieder wie gehabt. War nicht zu schwer. Das Leukoplast hatte sich wie eine Mütze abziehen lassen. Dann ging ich zurück und legte mich weisungsgemäß aufs Sofa. Nach einer Viertelstunde kam Gaby, setzte sich mit dem zufriedenen Seufzer einer Hausfrau, die ihr Tagwerk getan hat, in den Sessel, nahm ihre Tasse und löffelte sie aus. Aß auch die Haut mit. Mich schüttelte es. Ich beobachtete sie gespannt. Wartete auf ein »Pfui!« oder »Brr!« oder »Wie schmeckt das denn?«. Aber nichts dergleichen. Sie leckte sogar mit der Zunge, soweit es ging, noch die letzten Tropfen auf.

»Ich könnt sterben für das Zeug. Es ist einfach göttlich.«

Mich könnte man damit jagen. Aber ich mag ja auch keine Schokolade. Siegfried schon.

Nun wurde Gaby langsam nervös, schaute ein paar Mal auf die Uhr. Auf die Aufforderung: »Bleib doch zum Essen« würde ich bei ihr wohl vergeblich warten. Stattdessen kam kurz und knapp die Frage:

»Soll ich dir ein Taxi rufen, oder schaffst du's mit der U-Bahn?«

Zehn Minuten später verließ ich eine quietschvergnügte Gaby, die mir noch hinterherrief: »Wir zwei sollten mal wieder allein einen draufmachen. So wie in alten Zeiten. Ich bin so froh, dass du gekommen bist.«

Keine Spur eines Schwankens, kein Schaum vorm Mund. Kein: Mir wird plötzlich so schwindlig. Oder: Ich glaub, ich muss mich hinlegen. Oder: Michaela, warum bin ich denn plötzlich so müde? Oder schlicht und einfach: Gott, ist mir schlecht. Nichts aus dem ganzen Repertoire, das man hinlänglich kennt. Der Versuch ging also komplett daneben.

Irgendwann in finsterer Nacht, obwohl, so finster war's gar nicht mehr, es dämmerte schon. Also noch ziemlich mitten in der Nacht holte mich ein stürmisches Klingeln aus tiefstem Schlaf. Und als ich endlich begriffen hatte, was dieses hartnäckige Geräusch von mir wollte, und zur Tür schlich, hämmerte draußen jemand mit beiden Fäusten gegen das Holz, und ich hörte Siegfried schreien: »Michaela, mach die Tür auf!« Und als ich tat, wie mir geheißen, fiel er mir schluchzend und stammelnd um den Hals, und ich verstand doch tatsächlich: »Gaby ist tot.«

Er sagte wirklich: »Gaby ist tot.« Aber es dauerte eine Zeit lang, bis ich die Botschaft begriff. Erst nachdem er es ein paar Mal wiederholt hatte. Dann kam der Schreck.

»Und dir ist nichts passiert? Bist du verletzt? Bist du o.k.?«

»Ich??? Ja, natürlich. Wieso?«

»Ja, warst du denn nicht mit im Auto?«

»Auto? Wieso Auto? Was redest du denn da?«

Wieso nicht Auto? Was würden Sie als Erstes vermuten, wenn man Ihnen mitten in der Nacht erzählt, dass ein Mensch, den Sie noch vor ein paar Stunden ziemlich lebendig verlassen haben, plötzlich tot sein soll? Ich dachte nicht im entferntesten an die vier Tröpfchen von der geheimnisvollen Flüssigkeit, die ich Gaby in ihre Schokolade geträufelt hatte. Erst als dieses nach wie vor schluchzende und zuckende Etwas, das immer noch an meinem Hals hing, allerdings saßen wir mittlerweile auf meinem Bett – in meiner Wohnung gab's noch kein Sofa und keinen Sessel –, erst als er von der Diagnose ›plötzlicher Herzstillstand‹ sprach, kämpfte sich meine Tat an die Oberfläche meines Bewusstseins. Noch versuchte ich es zu unterdrücken. Die mögliche Schlussfolgerung war zu schrecklich.

»Ich bin schuld, Michaela. Ich bin schuld.« – Er? Wieso er? – »Wenn ich wie ausgemacht nach der Probe nach Haus gegangen wäre, hätte ich sicher noch was tun können. Wenn ich sie wenigstens angerufen hätte. Aber nein, ich bin einfach kommentarlos versackt. Sie muss sich schreckliche Sorgen gemacht haben. Sie muss sich fürchterlich aufgeregt haben.« – Kann ja schon sein, aber davon krepiert man doch nicht gleich. Und Gaby schon mal gar nicht. – »Ich lass mich zu einem Zug durch die Gemeinde bequatschen, während sie zu Hause allein und hilflos ... ich werde mir das nie verzeihen. Mein Gott, du kennst mich ja. Ich lass mich einfach zu leicht überreden. Meine große Schwäche.«

Wie er jetzt von meiner Schulter schräg zu mir heraufächelte, à la Kameliendame kurz vor ihrem drittletzten Atemzug, begriff ich, er wollte von mir die Absolution. Die konnte er kriegen. Nur wer gab mir meine? Eine leise Hoffnung hatte ich noch, dass sich alles doch ganz anders erklären lassen würde.

»Jetzt erzähl mir mal ganz genau, was passiert ist.«

»Kann ich vorher einen Whisky haben?«

Konnte er. Ich nahm auch einen. Die Flasche ließ ich gleich neben unseren Füßen stehen. Ich hatte das Gefühl, wir brauchten sie noch.

»Na ja, ich hatte Gaby gesagt, dass ich gleich nach der Probe nach Hause käme. Sie wollte uns was zu essen machen.« – Einen Braten für ›Hasi‹. Das wusste ich bereits. – »Ja, und dann bin ich noch auf ein Bier in die Kantine. Und da saßen sie alle. Na, die aus meiner letzten Produktion. Die meisten hatte ich noch nicht wiedergesehen, seit ich zurück war. Und dann sollte ich erzählen, von Manila.« – Aha, also nicht Borneo. – »Und irgendwann hieß es dann plötzlich, wir ziehen noch ein Haus weiter. Ich wollte bestimmt nicht mit. Aber die haben nicht lockergelassen, auf mich eingeredet. ›Du bist uns noch eine Runde schuldig.‹ Und ich wollte mich ja nicht lumpen lassen. Und bin mitgegangen. Da wollte ich Gaby wenigstens anrufen. Aber dann dachte ich: Sie schläft sicher schon. Lass sie schlafen.«

Und ich dachte: »Immer wieder der gleiche Feigling.«

»Ja, und als ich dann nach Hause kam, keine Ahnung, wann das war, bin ich leise ins Schlafzimmer geschlichen. Aber sie war nicht im Bett. Da erst sah ich, dass im Wohnzimmer noch Licht war. O Gott, die hat die ganze Zeit auf mich gewartet. Mach dich auf was gefasst, Siegfried, dachte ich mir. Ich hab überlegt, ob ich die Gardinenpredigt auf den Morgen verschieben sollte. Doch dann dachte ich« – muss eine selten gedankenschwere Nacht für ihn gewesen sein –, »sei kein Feigling. Bring es hinter dich. Ich ins Wohnzimmer, hab mich angeschlichen, sie lag auf dem Sofa, hab sie auf die Stirn geküsst und gesagt: Mausi, dein Hasi ist wieder da. Bitte, sei mir nicht böse.« – Mausi!!?? Hasi!!?? In welchem Stück bin ich denn? – »Aber sie hat sich nicht gerührt. Sie muss stinksauer sein, hab ich gedacht und wollt es mit einem richtigen Kuss versuchen. Und da hab ich gemerkt, dass sie tot war. Schon seit Stunden, sagt der Arzt. O Michaela«, er umklammerte mich noch fester, als er das schon die ganze Zeit getan hatte, »es war so furchtbar. Ich werde das in meinem Leben nie vergessen können.«

»Und sie war wirklich tot?«

»Mausetot.«

»Und was hast du dann gemacht?«

»Erst den Arzt angerufen, und der hat die Polizei geholt.«

Polizei! In meinem Kopf überschlugen sich die Gedanken. Wenn sich nun herausstellte, dass Gaby durch eine Vergiftung gestorben war, dann würden sie die Wohnung durchsuchen, das Fläschchen finden mit meinen Fingerabdrücken drauf und feststellen, dass das gleiche Gift in ihrer Schokolade war. Und Siegfried weiß, dass ich sie gestern Nachmittag besucht habe. Dann war ich dran. Ich las schon die Schlagzeilen in ›Bild‹: »Heimtückischer Mord aus Eifersucht.« Ich würde den Rest meines Lebens im Gefängnis verbringen. Das war's dann mit meiner Karriere.

Siegfried heulte noch immer mein Nachthemd voll, völlig ahnungslos, was für ein Monster er umklammert hielt. Mein Gott, es sollte ihr doch nur ein bisschen schlecht werden. Dass sie stirbt, das habe ich nicht gewollt.

Da traf mich der Bannstrahl der Erkenntnis. Genau das hatte ich gewollt. Ich wollte, dass sie aus Siegfrieds und meinem Leben verschwand. Und zwar total. Ich wollte sie ein für alle Mal aus der Welt wissen, damit er wieder neben mir im Bett lag so wie jetzt. Dass seine Hände mich streichelten so wie jetzt. Dass sein Mund, aus dem immer noch leise Schluchzer kamen, meinen Körper mit Küssen bedeckte so wie jetzt. Dass ich ihn sagen hören konnte: »Halt mich fest, Michaela.«

Das tat ich und schwor mir, ihn nie wieder loszulassen, zumindest nicht bis zu dem Moment, in dem die Handschellen um meine Gelenke klicken würden und ich ihn ab dann nur noch hinter einer dicken Glasscheibe würde sehen können. Solange wollte ich ihn spüren, auf mir, in mir, überall. Egal, ob er jetzt nur aus Verzweiflung mit mir schlief, weil er sich vergewissern musste, dass er noch lebendig war. Jetzt war jetzt. Das Danach kam sowieso.

Wuppertal. Hab ich's nicht gesagt? Ich muss mich beeilen.

Der Typ von der Polizei war misstrauisch. Sehr misstrauisch. Wär ich an seiner Stelle auch gewesen. Obwohl, ich zeigte ihm das offenste, unschuldigste Gesicht, das ich in meinem Repertoire hatte, und, wie ich hoffte, genau den richtigen Grad von Betroffenheit, den eine solche Situation erforderte. Ich hatte mich vorbereitet. Auf sie gewartet. Bei einem plötzlichen, unerwarteten Tod zieht man immer Erkundigungen ein. Das ist im wahren Leben nicht anders als im Kriminalroman. Siegfried hatte ich noch vor dem Frühstück aus der Wohnung gejagt. Er wollte absolut nicht gehen.

»Ich bleibe hier, bis die Polizei kommt. Wir müssen das zusammen durchstehen.« – Aus welcher Rolle hatte er das denn? – »Abgesehen von meiner moralischen Schuld, zu der ich stehe und von der ich der Polizei auch schon erzählt habe, gibt es nichts, was wir uns vorzuwerfen hätten.«

Armer, ahnungsloser Mensch. Es dauerte eine Zeit lang, bis ich ihn überzeugt hatte, dass es doch besser sei zu gehen. Natürlich würde ich nicht leugnen können, dass er da gewesen war. Das halbe Haus hatte ja im Morgengrauen sein Geschrei gehört. Aber ihn nach Stunden immer noch in meiner Wohnung vorzufinden war denn doch wieder eine ganz andere Geschichte. Und die insgesamt bildete schon Verdachtsmomente genug. Doch vor allem wollte ich Siegfried nicht als Zeugen dabei haben, wenn man mich als Mörderin entlarven sollte. Selbstverständlich würde ich nie und nimmer verraten, woher ich das Gift hatte, wenn sie es denn nicht gefunden haben sollten. Ihn würde ich raushalten, wenn's irgend möglich wär.

Auch wenn mein Schweigen mein Strafmaß erhöhen würde.

Sie kamen erst am Nachmittag. Ein Kommissar und seine Assistentin. Bis dahin war ich schon halb durchgedreht. Auch eine Art, einen mürbe zu machen, dachte ich.

»Sie haben also an Frau Leifert nichts Ungewöhnliches feststellen können?«

Das hatte der mich in den letzten zwanzig Minuten doch schon zweimal gefragt. Meine Stunden mit Gaby hatten wir doch schon abgehakt.

»Nein. Wie ich Ihnen vorhin schon gesagt habe. Sie war quietschvergnügt.«

Wie der mich jetzt scheinbar um Verzeihung bittend anlächelt. Der Mann ist reif für den ›Oscar‹.

»Entschuldigung. Natürlich. Das haben Sie mir ja schon gesagt. Aber wie das so ist bei unerklärlichen plötzlichen Todesfällen. Sie machen uns erst einmal ratlos. Und unsere einzige Hoffnung sind Sie. Allem Anschein nach waren Sie ja die Letzte, die Gaby Leifert lebend gesehen hat. Oder hat sie erwähnt, dass sie noch einen weiteren Besuch erwarte?«

»Nein. Sie erwartete Siegfried. Ich meine, Herrn Schäfer.«

»Der dann nicht kam. Er war nicht zufällig bei Ihnen?«

Aha. Wurde auch Zeit. Dieser schwerwiegende Verdacht musste endlich mal auf den Tisch.

»Nein, natürlich nicht. Ich habe Herrn Schäfer erst

gegen Morgen gesehen, als er kam, um mir von Gabys Tod zu berichten. Er hat mir erzählt, dass er in der Nacht mit ein paar Kollegen aus dem Theater zusammen war.«

»Das hat er uns auch erzählt.«

»Demnach muss es ja genügend Leute geben, die das bestätigen können.«

»Richtig. Aber wir sind bislang noch nicht dazu gekommen, sein Alibi nachzuprüfen.«

Alibi? Klang ja, als ob sie ihn verdächtigen würden. Warum sagte er nichts von dem Fläschchen? Ob sie die Wohnung noch nicht durchsucht hatten?

»Hätten Sie etwas dagegen, wenn sich meine Kollegin bei Ihnen mal ein bisschen umschaut?«

»Wie? Nein, natürlich nicht.«

»Sie haben das Recht, nein zu sagen. Ich habe keinen Hausdurchsuchungsbefehl.«

»Schauen Sie sich ruhig um. Ich habe nichts zu verbergen.«

»Dann ist ja alles bestens.«

Diese Person, die die ganze Zeit stumm in meinem Rücken gesessen hatte, was mir zugegebenermaßen nicht sehr angenehm gewesen war, verließ nahezu geräuschlos das Zimmer. Er saß da, klickte mit dem Kugelschreiber und sagte nichts. Wenn das eine Methode sein sollte, mich nervös zu machen, war es das falsche Mittel. Schweigend einfach nur dazusitzen, darin hatte ich Übung. Obwohl ich ihn leidenschaftlich gern gefragt hätte, was er sich von »ein bisschen umschauen« erhoffte. Dann stand er auf und ging ans Fenster. Er sagte immer noch nichts. Den Kugelschreiber hatte er mitgenommen. Nach ziemlich langer Zeit klickte es wieder, und er sagte:

»Morgen früh wird sie obduziert. Vielleicht wissen wir danach mehr.«

Das saß. Ich hatte mir zwar schon so was gedacht, trotzdem war mir plötzlich schlecht. Ich war froh, dass er sich nicht umgedreht hatte, sondern immer noch aus dem Fenster was weiß ich wohin starrte. Und wieder Schweigen. Dann kam seine Kollegin zurück, sagte auch jetzt kein Wort. Er setzte sich in Bewegung.

»Könnten Sie morgen früh um neun ins Kriminalkommissariat kommen? Abteilung Spurensicherung. Wir müssen Ihre Fingerabdrücke abnehmen.«

»Um neun geht in Ordnung, wenn es nicht länger als eine halbe Stunde dauert. Ich hab um zehn Probe.«

»Länger als zehn Minuten werden Sie dafür nicht brauchen. Also morgen um neun. Und vielen Dank für Ihre Kooperationsbereitschaft.«

»Aber bitte. Gern geschehen.«

Er hatte die Türklinke schon in der Hand, da drehte er sich um, kam wieder ein paar Schritte ins Zimmer. Sieh an, ein Columbo-Fan. Wir grinsten uns verständnisinnig an.

»Sie müssen zugeben, Frau Mann, dass Ihr Verhalten als ungewöhnlich angesehen werden kann. Sie leben mit Herrn Schäfer zwei Jahre lang zusammen. Laut seiner Aussage sehr glücklich. Und dann kommt

Frau Leifert, und es ist innerhalb von wenigen Tagen aus mit dem Glück. Dass Sie dieser Person, die daran schuld war, einen freundschaftlichen Besuch abgestattet haben wollen, mutet seltsam an.«

»Das gebe ich zu. Aber es war so. Schließlich war sie auch meine Freundin.«

Er nickte ein paar Mal wie diese Hündchen, die manche Menschen im Rückfenster ihres Autos spazieren fahren.

»Richtig. Sie kannten sich ja schon, bevor Herr Schäfer in Ihr und in Frau Leiferts Leben trat.«

Die Formulierung fand ich ziemlich gestelzt. Außerdem ergab sie ein völlig falsches Bild. Was Gaby betraf, so war sie in sein Leben, sprich in unsere Küche getreten. Und ich war kopfüber in seine Pupillen gestürzt. Von ins Leben treten konnte nicht die Rede sein. Er nickte immer noch. Schien ein Tick von ihm zu sein.

»Und diese Freundschaft wurde durch die Beziehung, die Frau Leifert mit Herrn Schäfer einging, nicht empfindlich gestört?«

»Natürlich. Ich bin doch kein Übermensch.« Wieder ein Nicken. »Aber irgendwie mussten wir ja damit klarkommen. Schließlich waren wir im gleichen Ensemble. Wir mussten zusammen arbeiten.«

»Was für den Wahrheitsgehalt Ihrer Aussage spricht, ist das Kästchen mit den diversen Aufforderungen zum Selbstmord, das Sie Herrn Schäfer geschickt haben. Herrn Schäfer wohlgemerkt, nicht Gaby Leifert.«

Der Blödmann hatte es also aufgehoben. Dass dieser sichtbare Beweis meiner Wut mich entlasten sollte, wunderte mich. Ich hätte eher das Gegenteil angenommen.

»Schöne Idee. Beweist eine gewisse Souveränität. Auf Wiedersehn.«

Und dann ging er wirklich.

Wenn er jetzt noch einmal zurückgekommen wäre, hätte ich gleich sagen können: »Verhaften Sie mich. Ich war's.« Wo ich stand, sackte ich zusammen. Meine Beine hielten mich nicht mehr, und ich zitterte, als hätte ich zweiundvierzig Grad Fieber. Von wegen Souveränität.

Ich muss um eine Auszeit bitten. Wir nähern uns Köln. Da muss ich abtauchen. Spätestens ab Bonn geht es weiter im Text.

So, da bin ich wieder. Entschuldigen Sie, aber ich denke, ich brauche noch ein bisschen Zeit. Ich begreife es ja auch nicht. Ich brauche an diese Stadt nur zu denken, schon krieg ich's am Magen. Ich hab's sonst nie am Magen. Aber da … Wenn's nur das wäre, das könnte ich ja vielleicht in den Griff kriegen. Aber wenn ich den Kölner Dom sehe, bekomm ich Heimweh. Wonach? Das ist die Frage. Bestimmt nicht nach der Stadt. Zu der hab ich nie eine Beziehung aufbauen können. Auch nicht nach meinen Eltern. Wir haben uns nach heftigen Krächen auf höfliche Distanz geeinigt. Jeder lässt den anderen seiner Wege gehn. Kein verpflichtender Gruß zum Geburtstag. Kein zwanghaftes familiäres Zusammensein unterm Weihnachtsbaum. Der Preis: Ich komme, wenn ich es irgendwie einrichten kann, zu dem Sippentreffen an den Geburtstagen der Tanten. Wenn ich es einrichten kann. Die letzten beiden Jahre konnte ich es nicht einrichten. Mein Job ist die beste Entschuldigung. In dem Metier kann man sich nicht einfach vertreten lassen. Eine Rollenübernahme schmeißt den ganzen Laden um. Ich möchte das Gesicht des Regisseurs sehen, den ich um Umbesetzungsproben bitte, weil eine Tante Geburtstag feiert. Also sind meine familiären Kontakte nahezu bei null angekommen. Warum also dann dieses komische Ziehen in der Herzgrube, sobald der Zug den Rhein überquert? Ich kann keine Erklärung dafür finden, deshalb hab ich mich irgendwann entschlossen, auch keine mehr zu suchen. Ich stell mich einfach tot, sobald draußen vor dem Zugfenster das Schild Köln-Deutz auftaucht. Und schalte Sinne und Gehirn aus und erst wieder ein, wenn die Gefahr vorüber ist.

Zurück zu meiner Geschichte. Als ich mich so weit beruhigt hatte, dass ich in der Lage war, einen Telefonhörer in die Hand zu nehmen, rief ich Siegfried an. Doch er meldete sich nicht. Nur der Anrufbeantworter war eingeschaltet. Ich hab ihn eine Stunde lang alle zehn Minuten abgehört. »Ich warte sehnsüchtig auf eine Nachricht. Erlöse mich nach dem Piep. Bitte.«

Das war eines von Siegfrieds Lieblingsspielchen,

jeden Tag die Ansage auf dem Anrufbeantworter zu ändern. Vom schmachtenden Liebesgestöhn »Du« in allen Variationen bis zum gespielten Wutausbruch »Du schon wieder. Verdammt, lass mich in Ruhe!« reichte seine Palette. Der Spruch bezog sich selten auf etwas Konkretes oder meinte jemand Bestimmten. So konnte es auch diesmal sein. Aber irgendwas in seiner Stimme erweckte in mir den Verdacht, dass es heute anders war. Aber wen konnte er meinen? Vielleicht mich? Konnte ja sein, dass er gerne wissen wollte, ob die Polizei mittlerweile da gewesen war. Was sie gesagt hatte. Aber irgendwie traute ich mich nicht, etwas aufs Band zu sprechen. Ich hatte die sicher völlig blödsinnige Vision, dass in seiner leeren Wohnung die Polizei neben dem Telefon saß und es abhörte.

Zu Hause hielt ich es aber nicht mehr aus. Ich musste raus. Eigentlich wollte ich zum Tegeler See radeln. Doch plötzlich fand ich mich vor Siegfrieds Wohnung wieder. Und die lag am ganz anderen Ende der Stadt. Aber er reagierte auch nicht auf mein Klingeln. Ob mich jemand beobachtet?, dachte ich. Ob die Polizei die Wohnung observiert? Bevor ich auf die Klingel gedrückt hatte, hatte ich mich vorsichtig umgesehen. Blöd, ich weiß. War ein Reflex.

Vielleicht haben die den Probenplan geändert, und er ist im Theater. Aber da war er auch nicht. Wo konnte er stecken? Bei seiner Mutter wollte ich nicht anrufen. Kam mir zu dämlich vor.

Ich hatte keine Ahnung, wie ich die Nacht allein überstehen sollte. Wie lange dauerte es wohl, bis so ein Obduktionsbericht vorlag? Und dann war's auch noch die Frage, wie schnell uns die Polizei informieren würde. Und ob sie uns überhaupt informieren würde. Könnte ich da anrufen? Würden die mir Auskunft geben? Schließlich war ich keine Anverwandte, mit der Verstorbenen nicht versippt und auch nicht verschwägert. Mein Gott, daran hatte ich ja überhaupt noch nicht gedacht. Was war denn mit Gabys Anverwandten? Keine Ahnung, ob ihre Eltern noch lebten. Ungemütliche Vorstellung, dass demnächst ihre Mutter oder ihr Vater vor meiner Tür stünden, um mich über die letzten Lebensstunden ihrer Tochter zu befragen. Nicht dran denken. Aber wie das anstellen?

Ich konnte jetzt nicht nach Hause. Ein erneuter Anruf bei Siegfried brachte auch nichts Neues. Die gleiche Ansage, der gleiche Text. Das einzige Ergebnis: Mich beutelte die Sehnsucht heftigst, als ich seine Stimme hörte. Auch das Abfragen meines Anrufbeantworters brachte keine Erlösung. Kein Anruf, also auch keine Nachricht von ihm. Ich ging ins Kino. Mit irgendwas musste ich mich ja ablenken.

Als ich drei Stunden später die Wohnungstür aufschloss, klingelte das Telefon. Siegfried. Endlich!

»Wo hast du denn die ganze Zeit gesteckt? Ich versuch seit Stunden, dich zu erreichen.« – Das war eigentlich mein Text. – »Den ganzen Tag renn ich schon in der Stadt rum. Ich halt es in meiner Wohnung nicht aus. Immer wieder erleb ich den Moment, als ich

Gaby küsste und merkte, dass sie tot war. Es ist entsetzlich. Kann ich bei dir schlafen?«

Eine schönere Frage konnte ich mir nicht vorstellen. Und natürlich war meine Antwort: »Ja.« Um ehrlich zu sein: »Ja! Ja! Ja!« Mochte mich das in den Augen des Kommissars noch verdächtiger machen. Ich wollte mitnehmen, was ich kriegen konnte.

Eine halbe Stunde später war er da. Wir hielten uns nicht lange mit irgendwelchen Einleitungen auf. Kaum war die Tür zu, fielen wir übereinander her. Ich meine, wir hatten immer guten Sex. Früher, wenn wir ihn denn hatten. Dass der noch steigerungsfähig sei, hatte ich nicht für möglich gehalten. Siegfried anzufassen machte mich schon immer ganz wild. Diese glatte Haut, wie gespannt. Und – ich will Sie ja nicht in Verlegenheit bringen, aber es muss gesagt werden – er hatte den schönsten Schwanz, der mir je begegnet ist. Ich konnte schon immer einfach nicht genug davon kriegen. Aber diese Nacht übertraf alles bisher Dagewesene. Selbst das verzweifelte heftige Ineinanderkriechen von heute Morgen. Unsere Raserei hatte vielleicht was damit zu tun, dass wir uns nie vorher so bewusst gewesen waren, dass wir beide noch lebten. Außerdem, was mich betraf, ich wusste ja nicht, wie oft es mir noch vergönnt sein würde, neben ihm einzuschlafen. Konnte sein, schon morgen würde ich in ganz anderer Umgebung die Nacht verbringen müssen. Dazu kam unser Schuldgefühl. Er mit seinem moralischen Vorwurf, im entscheidenden Moment nicht da gewesen zu sein. Ich mit der Anklage einer folgenschweren Tat. Ich glaubte nicht mehr an eine andere Erklärung für Gabys Tod.

Und dann am nächsten Morgen neben ihm aufzuwachen, was für ein Glück. Ich hatte plötzlich das Gefühl, alles wird gut. Und zur Buße für meine Tat wollte ich ihn mein ganzes Leben lang lieben, lieben, lieben. Dazu gehörte, dass ich ihm die Orangen auspresste, den Frühstückstisch liebevoll deckte und ihm ein möglichst glückliches Gesicht zeigte.

Er machte im hellen Tageslicht keinen besonders glücklichen Eindruck, stocherte in seinem Müsli rum, karrte mit dem Löffel kleine Häufchen zusammen und schob sie auf dem Teller hin und her. Woran dachte er?

»Was hat eigentlich die Polizei gesagt?«

Aha. Das war es. Mit einem Schlag war mein Hochgefühl verflogen. Die raue Wirklichkeit hatte mich wieder.

»Dass Gaby heute obduziert wird.«

»Das weiß ich ja. Und sonst?«

»Der Kommissar war sehr misstrauisch. Schließlich habe ich ein klassisches Motiv: Eifersucht.«

»Könntest du meinetwegen jemanden umbringen?«

Die selbstgefällige Eitelkeit in seiner Stimme störte mich. Er nahm mein Ja schon als gesichert vorweg.

»Könnt schon sein. Auf jeden Fall hält er meinen freundschaftlichen Besuch bei meiner Rivalin für äußerst ungewöhnlich.«

»Du bist eben ›äußerst ungewöhnlich‹.«

Mein Hochgefühl kehrte augenblicklich zurück. Wir vor dem offenen Fenster in meiner Küche, draußen schien die Sonne. Wenn es doch so bleiben könnte. Mir ging das Herz über, wenn ich ihn ansah.

»Wieso hast du eigentlich nicht um mich gekämpft?«

Was war das?

»Fand ich schon beleidigend, wie wenig ich dir wert war. Ich wollte ja gar nicht, dass du ausziehst. Das war Gabys Initiative. Hat mich sehr überrascht, dass du einfach weg warst, als ich heimkam.«

»Aber du hast doch mit ihr geschlafen. Gleich am ersten Abend in unserer Küche. Und danach jeden Tag, hat sie gesagt.«

»Ja, aber was bedeutet das schon.« – Das gekonnte Verlegenheitslächeln – »Ich bin eben verführbar. Du weißt doch: ›Das Fleisch ist schwach.‹ Aber mit Gaby leben wollte ich eigentlich nicht. Sie war furchtbar eifersüchtig. Ich musste über meine Stunden sozusagen Buch führen. Da bist du doch von ganz anderem Kaliber.«

»Und warum hast du mir das alles nicht schon früher gesagt?«

»Mein Ego. Ich war gekränkt. Gut, wenn sie es so will, hab ich mir gedacht, bleib ich eben bei Gaby. Dann trennen wir uns. Ich lauf der doch nicht nach. Eine richtig fetzige Eifersuchtsszene wollt ich dir schon wert sein. Stattdessen nimmst du auf der Stelle deine Koffer und gehst. Es hat mich sehr getroffen, dass du so cool geblieben bist.«

Ich hab mir das alles nur zu gerne angehört. Ich, die souveräne, in sich ruhende, coole, großartige Frau. Sein Entwurf meines Charakters gefiel mir wesentlich besser als Gabys Versuch, mir einen Spiegel vorzuhalten.

»Lass mich hier bleiben.«

»Was soll das heißen?«

»Dass ich bei dir bleiben will. Ganz und für immer. Ich kann in meiner alten Wohnung nicht mehr wohnen. Ich möcht mit dir zusammen sein. Wir fangen noch mal ganz von vorne an.«

In mir war schon wieder dieses dreifache Ja und die Gewissheit, dass dieses Ergebnis meinen Einsatz wert war.

»Aber was wird die Polizei davon halten?«

»Die hat ihren Verdacht so oder so. Dann ist es doch besser, wir bekennen uns in aller Offenheit dazu. Einsehen, dass man sich geirrt hat, ist nicht strafbar. Das ist noch kein Mordmotiv. Außerdem kann es ja für ihren Tod auch eine ganz natürliche Erklärung geben. Warten wir's ab. Also? Holen wir morgen zusammen meine Sachen?«

Nur zu gerne. Ich suchte schon die ganze Zeit nach einem Argument, warum ich unbedingt noch mal in seine Wohnung wollte.

Um es gleich vorweg zu nehmen, das Fläschchen war nicht mehr da. Nun gab es zwei Möglichkeiten. Erstens, die Polizei hatte es. Dann war alles klar. Dann war es nur noch eine Frage von Stunden. Zweitens: Siegfried hatte es verschwinden lassen. Fragt sich nur, warum? Um unliebsamen Fragen aus dem Weg zu gehen, vorausgesetzt das Fläschchen enthielt wirklich Gift. Der Beweis dafür stand ja noch aus.

»Wieso hat die Polizei eigentlich deine Wohnung nicht durchsucht, wenn sie dich schon verdächtigt?«

»Aber das hat sie doch.«

»Wann?«

Warum schreit er denn jetzt so?

»Gestern Nachmittag. Als sie hier waren. Der Kommissar hat seine Assistentin losgeschickt, sich bei mir mal ein bisschen umzuschauen.«

»Und?«

»Nichts und. Was hätten sie denn finden sollen?«

»Weiß ich doch nicht. Nichts, natürlich.«

»Eben. Nichts.«

Kam mir so vor, als wär da was Lauerndes in seinem Blick gewesen. Doch das vergaß ich dann schnell, denn jetzt begann unserer Liebe zweiter Teil.

Aber erst mal mussten wir seinen Umzug hinter uns bringen. Siebenmal sind wir mit seinem Auto hin und her gefahren. Anschließend sah meine Wohnung aus wie eine Rumpelkammer. Erstaunlich, auf was er alles glaubte nicht verzichten zu können. Das mit den CDs, den Kassetten und den Büchern konnte ich ja noch verstehen. Und vier Koffer voll Klamotten waren auch o.k. Aber das halbe Geschirr samt angeschlagener Lieblingstasse einzupacken, fand ich schon ein bisschen übertrieben. Was mich aber am meisten störte, dass er Gabys Braten unbedingt mitnehmen wollte.

»Wär doch schad, den wegzuschmeißen. Der stand fix und fertig in der Bratröhre, als ich nachts heimkam. Ich hab ihn dann noch in den Kühlschrank gestellt.«

Fürsorglicher Mensch. Nur in diesem Fall wäre mir etwas weniger Fürsorge lieber gewesen. Und sein »Hm!«, und »Ganz köstlich!«, als er abends die Bissen in den Mund schob, riefen auch nicht gerade Begeisterungsstürme in mir hervor. Ich hatte sowieso Mühe, auch nur den kleinsten Bissen runterzukriegen. Schließlich war das der Braten von ›Mausi für Hasi‹. Und damit wollte ich wirklich nichts zu tun haben. Damit war nun ein für alle Mal Schluss.

Es war nicht Schluss. ›Mausi‹ konnte ihn zwar mit ihren Kochkünsten nicht mehr verwöhnen, doch er meinte dauernd in allen Einzelheiten und ausführlichst davon erzählen zu müssen. Gut, was das Kochen anbetraf, war ich keine Größe. Bin es immer noch nicht. Und dass ›Mausis Braten‹, obwohl ich nun wirklich nicht den geringsten Appetit drauf hatte, köstlich war, hatte ich an den zwei, drei Bissen festgestellt, die ich hatte runterwürgen können. Aber in unserem ersten Leben hatte er sich nie beschwert und klaglos alles gegessen, was ich gekocht hatte. Jetzt meckerte er dauernd, krittelte an allem und jedem rum. »Die Kartoffeln sind ja noch ganz hart. Soll ich mit denen vielleicht Billard spielen?« Dafür waren die

Spaghetti viel zu weich. »Was ist das denn für ein pappiges Zeug? Spaghetti isst man ›al dente‹. Weißt du, was das heißt? Bissfest! Diese Pampe kannst du alleine essen. Ich geh zu ›Georgio‹. Habe die Ehre.« Und weg war er. Und so ging das ständig. Na ja, ständig ist ein bisschen übertrieben. So oft hab ich ja nicht gekocht. Aber immer wenn – und dabei gab ich mir solche Mühe. Nutzlos. Am schlimmsten war die immer gleiche Litanei: Gaby, Gaby, Gaby.

»Bei Gaby hat das aber besser geschmeckt. Wesentlich besser. Ich begreife nicht, wie man Fleisch so zurichten kann. Faserig und trocken. Gaby ist das nie passiert. Gaby hat zwei-, dreimal die Woche für mich ein neues Rezept ausprobiert. Warum tust du das eigentlich nicht?«

Wollen Sie noch mehr hören? Oder reicht Ihnen das? Ich kann Ihnen sagen: So hatte ich mir unser glückliches Zusammenleben nicht vorgestellt. Und eines Abends, ich hatte zwei Stunden in der Küche gestanden, war nach der Probe, die bis drei gedauert hatte, durch die Läden gehetzt. Dann hatte ich geschnibbelt, gerieben, geraspelt, gesotten, gedünstet und gebraten. Ich wollte ihn mit einer Indonesischen Reistafel überraschen. Zugegeben, auf der Abbildung in dem asiatischen Kochbuch sahen die Speisen alle ganz anders aus. Aber das war ja auch ein Foto. Sicher spritzten die die Lebensmittel vor der Aufnahme mit Farbe ein, damit das Gemüse so bunt und frisch und nicht so grau und matschig aussah wie bei mir.

Tja, und dann kam der Herr, für den ich mir all die

Mühe gegeben hatte, guckte sich meinen sorgsam gedeckten Tisch an – Kerzen brannten, gelbe Rosen schwammen in flachen Wasserschalen – und sagte:

»Was ist das denn für ein Fraß?«

Ja, und da war es aus mit der Souveränität. Ich hab die nächstbeste Schüssel genommen und sie samt Inhalt an die Wand gepfeffert. Und die nächste gleich hinterher. Doch dann hörte ich nicht auf, machte einfach weiter. Beim ersten Wurf war er noch sprachlos. Beim zweiten schrie er: »Bist du verrückt geworden?« Beim dritten überschlug sich seine Stimme, so laut brüllte er: »Hör sofort damit auf!« Ich ließ mich nicht stören.

Die Schalen mit den Rosenblüten haben wir dann gemeinsam an die Wand geknallt, sozusagen als krönenden Abschluss. Das war das Signal. Uns überfiel ein Lachkrampf, der uns fast das Leben gekostet hätte. Wir bekamen keine Luft mehr. Ich konnte nur noch japsen:

»Wie war das eigentlich damals mit Gaby auf dem Küchentisch?«

Und er zeigte es mir.

Danach haben wir den ganzen Dreck zusammengefegt und die Küche geputzt. Das Wandgemälde hatte was. Und sind zu »Georgio« gegangen. Und der sagte: »Schön, euch wieder so verliebt zu sehen.«

In dieser Nacht wurden einige Schwüre geleistet. Ich, dass ich mich sofort nach der Premiere von »Nathan der Weise«, ich spielte die Recha, für einen Kochkurs anmelden würde, was von vornherein ein Meineid sein musste, weil eine Woche nach meiner Premiere die Proben für »Fool for Love« anfangen würden. Siegfried schwor, nie wieder Vergleiche zwischen meiner und Gabys Kochkunst anzustellen. Was ihm nicht gelang. Allerdings passierte es weniger häufig als vor diesem Abend. Was vor allem damit zu tun hatte, dass ich kaum noch kochte.

Ach so, Sie wollen endlich wissen, was die Obduktion ergeben hat? Eindeutig Herzstillstand. War nur insofern verwunderlich, als das Organ völlig gesund zu sein schien. Sie hatte auch nie über irgendwelche diesbezüglichen Beschwerden geklagt, sagte ihre Mutter. Die lebte in New York, würde aber zur Beerdigung nach Deutschland kommen. Der Vater war vor vier Monaten gestorben. Darauf war sie zu ihrer Tochter in die USA gezogen, die, kaum dass die Mutter angekommen war, wieder gen Deutschland entschwand. Was immer man davon halten mag. Gabys Leichnam sollte nach Münster in Westfalen überführt werden. Dort wollte man sie beerdigen. – Sehen Sie, ich wusste es doch. Irgendwas war mit Münster. – Das alles hat mir der Kommissar zwei Tage nach der Obduktion erzählt. Und so war eigentlich alles in bester Ordnung.

Mein Gewissen? Das interessiert Sie? Es schlug nicht. Ich hatte einen Einsatz gewagt und gewonnen. Mittlerweile war ich auch wieder so weit zu glauben, dass ich sie wirklich nicht umbringen, sondern ihr nur einen Denkzettel verpassen wollte. Gut, gut, tief unten in meiner Herzensgrube hatte ich ihren Tod »billigend in Kauf genommen«, wie das so schön heißt. Das ist schon wahr. Aber nichts wies darauf hin, dass meine Tat wirklich dafür verantwortlich war. Es gab keinerlei Anzeichen von Fremdeinwirkung, hatte der Kommissar gesagt. Und wenn das Schicksal es denn so wollte, dass sie sterben musste, damit ich das Leben leben konnte, das ich jetzt lebte, so tat mir das zwar Leid für sie, aber ich konnte es nicht mehr ändern. Und sah darum auch keinen Grund, mich nicht meines Glückes zu freuen.

Und dann eines Abends, es war schon ziemlich spät, Siegfried und ich hatten grade den letzten Pinselstrich an unserer Küchenwand getan, um die Spuren meiner Wurforgie zu beseitigen, klingelte es. Und wer stand draußen? Der Kommissar.

»Entschuldigen Sie bitte vielmals. Ich weiß, es ist sehr unhöflich, Sie zu so später Stunde zu stören. Aber ich war gerade in der Nähe, und mir ist etwas eingefallen, das ich gerne mit Ihnen besprochen hätte. Darf ich reinkommen?«

Der Mann guckte entschieden zu viel fern. Oder er sollte wenigstens mal das Programm wechseln. Diesmal trug er sogar einen verknitterten Trenchcoat. Aber was sollte ich machen? Ich konnte ihn ja schlecht vor der Tür abfertigen. Also bat ich ihn rein.

Als er vor Siegfried auch sein Sprüchlein aufsagte, wurde der ziemlich pampig.

»Finden Sie nicht, dass es eine Zumutung ist, uns zu dieser Nachtzeit zu überfallen? Ich kann mir nicht vorstellen, dass es noch irgendetwas zu besprechen gibt. Gaby Leifert ist doch eindeutig eines natürlichen Todes gestorben.«

»Schon, schon.« Jetzt holte der doch tatsächlich einen Zigarrenstummel aus seiner Manteltasche und steckte ihn sich in den Mund. Das nenne ich, den Scherz doch etwas zu weit treiben. »Es wurde kein Gift in ihrem Körper gefunden, keine Strangulierungsmerkmale an ihrem Hals entdeckt, keine Stichwunde, kein Einschussloch. Frau Leifert hat die Tassen abgewaschen, die sie am frühen Abend bei dem Gespräch mit Frau Mann benutzt hatte, und sich danach einfach aufs Sofa gelegt, um zu sterben. Das will mir nicht in den Kopf. Der Arzt hat auch keine Erklärung dafür. Organisch war ihr Herz gesund. Es hörte nur einfach auf zu schlagen. Warum? Könnte ein Virus sein, den wir nicht kennen. War Frau Leifert vor kurzem im Ausland?«

»Ja, sie ist erst vor zwei Monaten aus den USA zurückgekommen. Und sie war kurz vor ihrer Abreise nach Europa zwei Wochen in Mexiko.«

Das hatte Gaby mir gar nicht erzählt.

»So, so.« Er kaute auf seiner Zigarre rum. Gab ein ekliges, schmatzendes Geräusch. »Das könnte die Erklärung sein.«

Sollte ich ihm nicht ein Glas Wein anbieten? Wir hatten den ganzen Abend schon kräftig zugelangt, um uns für unsere Arbeit in die richtige Stimmung zu bringen. Siegfried hatte uns beiden gerade nachgeschenkt und alle Gesetze der Höflichkeit missachtet. Aber schließlich war das meine Wohnung. Ich war hier die Hausherrin. Also war es an mir, ihn zu fragen:

»Möchten Sie vielleicht auch einen Schluck Wein?«

»Ja, gern. Ich trinke gern ein Glas.«

Aua, der Rippenstoß kam von links. Ich beschloss, ihn zu ignorieren.

»Ein guter Wein.« Der Kommissar hatte keinen schlechten Zug, musste man schon sagen. »Warum, Herr Schäfer, haben Sie uns eigentlich nicht erzählt, dass Sie mit Frau Leifert am Morgen ihres Todestages einen heftigen Streit hatten?«

»Was geht Sie das denn an?«

Hoppla. Mein Liebster ging ja hoch wie eine Rakete. Bei mir stellten sich alle Sensoren auf.

»Ich frage ja nur.« Soviel Unschuld in die Stimme zu legen, das ist schon die hohe Kunst. Ich sag's ja, an dem Kommissar ist ein Schauspieler verloren gegangen. »Sie hat Ihnen vor zahlreichem Publikum im Theater eine Szene gemacht, weil sie nachts nicht nach Hause gekommen sind.«

Jetzt wurde es interessant. Das war die Nacht nach dem Abend, als ich mich mit ihm bei »Georgio« getroffen hatte und er mich überredete, mit Gaby zu sprechen. Er war ziemlich besoffen, als ich ging. Dürfte so gegen ein Uhr gewesen sein. Und danach ist er nicht zu ›Mausi nach Hausi‹? Sieh mal an.

»Und was den Abend an Frau Leiferts Todestag betrifft, so haben Sie uns da auch nicht die ganze Wahrheit gesagt. Dass Sie mit Kollegen vom Theater unterwegs waren, stimmt nur teilweise. Es war nur *eine* Kollegin. Marion Schneider. Bei der Sie auch in der Nacht zuvor waren, als Sie so schmerzlich vermisst wurden.«

Einen Moment. Langsam, langsam. Nicht so schnell. Ich komm nicht mehr mit. Doch da schrie Siegfried auch schon los.

»Ich finde es unglaublich, dass Sie hier mitten in der Nacht reingeschneit kommen und solche Behauptungen aufstellen.«

»Die uns Frau Schneider bestätigt hat. Von ihr haben wir schließlich diese Information.«

»Und wenn schon. Was soll das hier und jetzt.« Siegfried rang sichtlich um Fassung. »Mein Privatleben geht Sie überhaupt nichts an. Ich frage mich, was Sie damit bezwecken. Es gibt doch keine Verdächtigen, da es keine Tat gibt. Wollen Sie zwischen Frau Mann und mir Unfrieden stiften? Das wird Ihnen nicht gelingen. Michaela weiß über alles Bescheid.«

Das war nun eine satte, unglaublich fette Lüge. Doch ich beschloss, sie erst einmal so stehen zu lassen. Aber warum der Kommissar diese Schau abzog, hätte ich auch gerne gewusst.

»Sie haben Recht. Ihr Privatleben geht mich überhaupt nichts an. Und ich entschuldige mich in aller Form, diese Vorkommnisse in Gegenwart von Frau Mann erwähnt zu haben. Das war wirklich gedankenlos von mir.«

Lügner. Es war alles sehr genau durchdacht. Warum nur? Doch darüber konnte ich erst später nachdenken. Zunächst musste ich mal mit dem klarkommen, was ich eben gehört hatte.

Nachdem der Kommissar gegangen war, herrschte erst mal Funkstille. Ich saß am Küchentisch, stierte in mein Weinglas und sortierte meine Gedanken. Mit Marion also auch. Ich kannte sie nur flüchtig. Sie war neu im Ensemble. Kam zur gleichen Zeit wie Gaby. Ich kann nur sagen, der Kerl lässt nichts anbrennen. Aus den Augenwinkeln sah ich, wie er mich belauerte. Kommt er jetzt endlich, der große Wutausbruch? Ich hatte schon Lust drauf. Aber den Gefallen wollte ich ihm nicht tun. Nicht, nachdem er gesagt hatte: Eine fetzige Eifersuchtsszene sollte ich dir schon wert sein. Ich musste seine Eitelkeit ja nicht immer befriedigen. Außerdem hatte er Gaby betrogen und nicht mich. Das heißt, ich hatte ja keine Ahnung, wann das Ganze angefangen hatte. War die Nacht nach »Georgio« die erste? Oder gab es schon eine davor? Auf jeden Fall schien es ihm gefallen zu haben, wenn er gleich die nächste Nacht wieder mit ihr verbrachte. Und zu Hause wartete ›Mausi‹ mit ihrem Braten. Jetzt meldete sich sogar so etwas wie Mitgefühl in meiner Seele, die erste schwesterliche Regung der Solidarität mit Gaby.

»Nun sag doch endlich was.«

Er hatte die schwächeren Nerven.

»Was soll ich sagen?«

»Dass ich ein Schuft bin, zum Beispiel.« Ich sah ihn

nur an. »Michaela, ich war besoffen. Du hast mich doch erlebt. An dem Abend bei ›Georgio‹. Und als du weg warst, kam zufällig Marion rein. Ganz allein. Sie hat sich an einen Tisch gesetzt und gefragt, ob's so spät noch was zu essen gibt. Sie sah so einsam aus. Da hab ich mich zu ihr gesetzt.« – Ach, der barmherzige Samariter. Wie rührend. – »Sie kennt doch kaum jemand hier. Ist doch alles ganz neu für sie. Ihr erstes Engagement. Du weißt doch selber, wie du dich damals gefühlt hast.«

Prima hab ich mich damals gefühlt. Aber da hatte ich ja auch bald schon Siegfried. Ich hätte ihn gern gefragt, ob er sie auch mit der gleichen Masche geködert hat, schweigend, seine Pupillen weit geöffnet, damit er sie ›schluck‹ verschlingen konnte.

»Ja, und dann hab ich sie heimgebracht. Und sie wollte unbedingt, dass ich noch mit raufkomme. Auf einen Kaffee. Damit ich wieder nüchtern werde. Aber ich wollte lieber 'nen Whisky. Weil ich doch so durcheinander war. Wegen dir.« – Was kommt denn jetzt? – »Brauchst mich gar nicht so verwundert anzuschauen.« – Hatte ich das getan? War mir gar nicht bewusst. – »Als wir uns bei ›Georgio‹ getroffen haben, ist mir ganz deutlich klar geworden, dass das mit Gaby ein Irrtum war. Ich wollte dich wiederhaben.«

»Und deshalb gehst du mit 'ner anderen ins Bett? Merkwürdige Logik.«

»Ich weiß auch nicht, wie das passiert ist. Plötzlich fing sie an, mich zu streicheln und mir zu erzählen, dass sie sich gleich in mich verliebt hätte. Na ja, dachte ich, armes Tierchen, und hab sie ein bisschen wieder gestreichelt. Rein brüderlich.« – Jetzt haben wir auch noch den Inzest. Die Story sollte er mal beim Fernsehen anbieten. – »Aber irgendwann kippte das. Wie so was passiert. Schließlich war ich besoffen.« – So besoffen konnte er ja wohl nicht gewesen sein, wenn er das alles noch wusste. – »Und am nächsten Abend hat sie nach der Probe auf mich gewartet. Ich wollte wirklich nicht. Aber sie hat mich angefleht, gebettelt. Und da bin ich mit. Nur auf einen Whisky, hab ich gesagt. Irgendwie müssen es dann doch mehr geworden sein.«

Schon erstaunlich. Ich glaub, so viele Sätze hat der in den zwei Jahren, die wir zusammenlebten, nicht zustande gebracht, wie sie jetzt aus ihm raussprudelten. Da musste ein Damm gebrochen sein.

»Das wäre alles nicht passiert, wenn du mich nicht verlassen hättest.«

Na, wie schön. Da hatten wir ja endlich die Schuldige. Eine überraschende Wendung. Ziemlich dreist. Und wie der einen jetzt ansah. Das verlockende Grün mit den braunen Sprenkeln einladend zum Abtauchen geöffnet. Vorsicht, Michaela, sei nicht blöd. Ist alles Taktik. Sonst nichts. Der hinterhältige Kerl macht das extra. Der weiß um die Wirkung. Diesmal aber wirkt das nicht, mein Lieber. Die Mühe könntest du dir sparen.

Sie haben ja so Recht. Lachen Sie mich ruhig aus. Es war, wie es immer war. Er hat mich wieder rumgekriegt. Mit dem Blick und Sätzen wie: »Bei dir ist das doch was ganz anderes. Dich lieb ich wirklich. Das musst du mir glauben. Das mit Gaby und Marion hat nichts zu bedeuten. – Wir sollten endlich heiraten.«

Und von dem Kind wurde auch wieder gesprochen. Die alte Platte neu aufgelegt. Und ich war selig. Sah mich schon im Geiste, wie ich den Namen Michaela Schäfer unter die Heiratsurkunde setzte. Ich dachte sogar darüber nach, ob ich die Rolle in dem Fernsehfilm, auf die ich schon seit einem Jahr hinarbeitete und die ich so gut wie sicher hatte, nicht lieber zurückgeben sollte. Denn das hieße: drei Monate Dreh in Italien. War so eine Co-Produktion. Drei Monate ohne Siegfried. Ich konnte mir nicht vorstellen, das zu überleben.

Und dann kam Siegfrieds Premiere. Zum Vorstellungsbeginn schaffte ich es nicht mehr. Ich steckte in den Schlussproben. Meine Premiere war in einer Woche. Aber zu seiner großen Szene kam ich grade noch zurecht. Ich hörte kaum auf das, was er sagte: Schließlich kannte ich den Text auswendig. Hatte ihn x-mal abgehört. Ich sah nur ihn und wär am liebsten vom Rang mit weit ausgebreiteten Armen zu ihm auf die Bühne geflogen. Wie er da stand. Jeder andere hätte in dem Kostüm lächerlich ausgesehen. Diese »Hamlet«-Inszenierung war ziemlich konventionell, vor allem das Bühnenbild und die Kostüme. Und ich kannte keinen, der in diesen kurzen Pluderhosen über schwarzen Leggings und mit dem knappen

Jäckchen drüber nicht doof ausgesehen hätte. Siegfried nicht. Der sah sexy aus. Sagte ich schon, dass er einen knackigen Hintern hatte? Wie der sich bewegte. Mit einem Wort beziehungsweise mit einem Satz: Er beherrschte die Bühne. Keiner machte ihm so schnell die Geste mit der linken Hand nach. Damit beförderte er das gesamte Universum in den Orkus. Und als ich dieses kantige Jungengesicht – er hatte immer noch ein richtiges Jungengesicht – über dem weißen Rüschenkragen sah, mich von seiner Stimme einlullen ließ – der Kerl konnte mit der Stimme streicheln –, dachte ich nur: Und der gehört mir. Und später wirst du neben ihm einschlafen. Er wird den Arm um dich legen und dich im Schlaf nicht loslassen. Und morgen wirst du neben ihm aufwachen und übermorgen auch. Und den Tag danach und die ganze Woche und ein ganzes Leben lang.

In der Kantine wurde gejohlt, als wir reinkamen. Das Publikum hatte getobt, mit den Füßen getrampelt. Er war so glücklich. Als ich nach der Vorstellung zu ihm in die Garderobe ging, um ihm zu gratulieren, hatte er ein Indianergeheul ausgestoßen, mich hochgehoben und durch die Luft gewirbelt.

»Michaela, heut schenk ich dir die Welt.«

Wissen Sie, bei Premierenfeiern darf man uns nicht so ernst nehmen. Da sind wir alle ein bisschen durchgeknallt. Das ist der absolute Speed. Du bist total high. Vor allem dann, wenn du so 'n Erfolg hattest, wie Siegfried an dem Abend. Klar, dass der erst mal überall rumgereicht wurde und für mich keine Zeit hatte. Küsschen hier und Bussi dort. Und Umarmungen und: »Du warst Klasse. Komm, darauf trinken wir erst mal einen.« Und als wir dann endlich in dem Lokal waren, in dem die Premierenfeier stattfand, war er schon dunkelblau.

Siegfried saß mir gegenüber, mit dem Rücken an der Wand. Er hatte den ganzen Raum vor sich. Es war rappelvoll. Alles drängte sich dicht an dicht. Man musste froh sein, wenn man einen Sitzplatz erwischte. Wenn man nicht zu den Privilegierten gehörte wie wir. Auf unserem Tisch stand: Reserviert für das Ensemble. Und der ›Anhang‹ gehörte natürlich dazu.

Es dauerte bei dem Betrieb ziemlich lange, bis wir was zu essen bekamen. Scheint ein Phänomen zu sein. Es ist immer wieder dasselbe. Ich meine, das müsste man doch organisieren können. Die wissen doch, dass wir kommen. Aber nein. Es dauert Stunden. Kein Wunder, dass diese Feten immer in reinste Besäufnisse ausarten. Vor der Vorstellung darf man nichts essen, und danach wartet man eine Ewigkeit.

Daran musste ich mich sehr gewöhnen, verfressen, wie ich bin. Ich vergesse das nie. Bei meiner ersten Premiere war ich schon um halb sieben fix und fertig frisiert und geschminkt. Ich musste mir später in der Garderobe nur noch Julias Ballkleid für das Fest bei den Capulets überziehn lassen. Ich war extra so früh gekommen, weil ich vor der Vorstellung in der Kantine noch zu Abend essen wollte. Doch kaum saß ich am Tisch und griff zur Gabel, riss mir jemand von hinten den Teller weg. Mein Regisseur schrie: »Du spinnst wohl!« Und weg war mein paniertes Schnitzel mit Kartoffelsalat und zwei Gewürzgurken. Den Vortrag über das, was mit meiner Leistung passieren würde, nämlich dass sie gleich null sei, wenn ich mir vorher den Wanst vollschlüge, musste ich mir auch noch anhören. Ich hab's nicht geglaubt, dachte, ein knurrender Magen kann ja kaum die richtige Stimulanz sein. Dann hab ich den Test gemacht. Später. Heimlich. Es stimmt. In Abwandlung eines berühmten Spruches muss ich mit meinem Vater sprechen: »Voller Bauch agiert nicht gern.«

Also hing uns der Magen schon in den Kniekehlen, als endlich was zu essen vor uns stand. Siegfried rührte es nicht an. Erst dachte ich, der ist schon so weit hinüber, der kann die Gabel nicht mehr halten. Dann aber kam mir was äußerst bekannt vor. Er stierte mit weit geöffneter Pupille. Er stierte aber nicht mich an, sondern über meine Schulter hinweg ein unbekanntes Objekt. Natürlich hab ich mich umgedreht, um es zu identifizieren. Auf der Bank an der Wand gegenüber saß ein mir unbekanntes Wesen. Weißer ärmelloser Rolli. Darunter kein BH. War klar zu sehen. Brauchte sie auch nicht. Ihr Busen war noch kleiner als meiner. Aber schnuckelig. So zwei kleine feste Halbkugeln. Und drüber ein Gesicht – eigentlich wollte ich immer schon so aussehen. Ich hab 'ne

Schwäche für Frauen mit großen Nasen. Weiß der Teufel wieso. Und wenn sie dann noch diese slawischen Wangenknochen haben, bin ich hin und weg. Deshalb verstand ich ja sogar, dass Siegfried dahin starrte. Trotzdem konnte ich mir was Schöneres vorstellen. Dass ich ein neues Outfit hatte, so ein schwarzes Schlauchkleid, knöchellang – ich hatte an dem Abend schon einige anerkennende Pfiffe geerntet und den ein oder anderen Übergriff auf meinen Hintern abgewehrt –, also dass ich die Sexgöttin in Person war, hatte Siegfried noch mit keinem Blick, mit keinem Wort registriert. Wer war dieses großnäsige, katzengesichtige Wesen? Ließ sich ja leicht feststellen. Hingehn und fragen.

Sandra hieß sie. Sandra Wegner. Unser Intendant, der neben ihr saß, stellte uns einander vor. So wie der guckte, schwärmte der auch für große Nasen und slawische Wangenknochen.

»Sie ist die Nachfolgerin von Gaby Leifert.«

Wie heißt der Standardscherz in unsrem Job, wenn wir was über den Tod einer Kollegin oder eines Kollegen hören? »Na, wie schön. Wieder 'ne Vakanz.« Und wie ich so da stand und ein bisschen Konversation machte, – ich hatte gleich das Gefühl, mit der kann ich –, spürte ich plötzlich eine Hand auf meiner linken Schulter und hörte, während ich von rechts mit Whiskyschwaden eingenebelt wurde, unverkennbar Siegfrieds etwas schleppende Stimme:

»Michaela, woher kennst du dieses engelsgleiche Geschöpf?«

Man lernt im Leben wenigstens das ein oder andere dazu, wenn auch immer noch zu wenig. War ich bei der Porzellanhaut noch völlig ahnungslos geblieben, so reagierte mein Seismograph diesmal sofort. Ich schaltete Wachsamkeit Stufe eins ein.

Das »engelsgleiche Geschöpf« hatte Siegfried mittlerweile zugenickt und sagte dann: »Ich war in der Vorstellung. Du warst sehr gut.« Ihre Stimme mochte ich auch, ein bisschen rauchig.

Als hätte man plötzlich unsichtbare Zügel freigelassen, so setzte Siegfried mit einer eleganten Fechterflanke über den Tisch. Eine beachtliche Leistung bei dem Pegelstand. War ihm egal, dass dabei ein paar Gläser zu Bruch gingen und zwei Weinflaschen umkippten und ihren Inhalt auf die Tischdecke ergossen. Er landete auf dem linken Knie von Sandra und dem rechten Oberschenkel des Intendanten. Letzterer wurde mit einer knappen Entschuldigung abgespeist: »Tut mir Leid. Rutsch mal ein Stück.« Siegfried konnte sich das leisten. Seine Mutter war eine Jugendfreundin oder ein abgelegtes Verhältnis von unserem Chef. Die kannten sich seit Ewigkeiten. Bei Sandra fiel die Entschuldigung etwas wortreicher aus. Er streichelte zärtlichst ihr Knie und meinte: »Ich hab dir doch hoffentlich nicht wehgetan. Das würde ich mir nie verzeihen.« Und dann zog er alle Register. Tiefe Blicke, langes Schweigen, Einschmeichelstimme in ihrer gesamten Variationsbreite. Ich war für ihn nicht mehr vorhanden.

Nun gab es ein paar Möglichkeiten. Erstens: Ich

ging stolz erhobenen Hauptes nach Hause. – Dazu hatte ich aber nun überhaupt keine Lust. Zweitens: Ich machte ihm eine Szene. – Lächerlich. Drittens: Ich holte mir einen Stuhl und setzte mich dazu, das heißt ihm gegenüber, und beobachtete alles sehr genau. Ich entschied mich für drittens. So ein bisschen als seelisches Aufbauprogramm flirtete ich gleichzeitig mit meinem Nachbarn zur Linken. Ein mir unbekannter Mensch. Wie sich später herausstellte, war er Musiker. Auch irgendwie mit dem Intendanten bekannt. Was mir gefiel: Er sagte mir ein paar nette Worte über meine »Julia« und dass er bestimmt zu meiner nächsten Premiere kommen werde. Aber mein rechtes Ohr war in eine ganz andere Richtung ausgefahren. Siegfried tat bescheiden, als Sandra ihm ausführlich erklären wollte, warum ihr sein »Hamlet« so gut gefallen hätte.

»Reden wir nicht von mir. Erzähl von dir.«

Alles ›fake‹. Er konnte nicht genug davon hören wie wir alle. Und jetzt spielte er den Desinteressierten. Aber irgendwie hatte das nicht den gewünschten Erfolg. Sie wollte offensichtlich nicht viel von sich erzählen und sagte auch nichts zu seinen Begeisterungsstürmen, als er erfuhr, dass sie seit heute zum Ensemble gehörte. Obwohl ich bewusst nicht hinsah, nur horchte, spürte ich öfter ihre Blicke. Und plötzlich sprach sie mich an:

»Gehört der Typ zu dir?«

»Der? Eigentlich schon.«

»Ach, so ist das«, und damit schob sie seine Hand

weg, die wieder auf ihrem Oberschenkel gelandet war. Siegfried lachte dümmlich, versuchte es als Witz abzutun und legte seine Hand wieder da hin. Das heißt, diesmal ein bisschen höher. Sie nahm die Hand, legte sie demonstrativ auf den Tisch und ließ ihre drauf liegen. Sie sah mich an. Dann beugte sie sich vor, sodass sie seinem Gesicht ganz nahe kam, und sagte langsam und deutlich und ziemlich laut, so dass es zumindest alle die mitbekamen, die am Tisch saßen:

»Wenn ich was nicht abkann, dann ist es so 'ne plumpe Anmache von einem besoffenen Typ. Und was ich wirklich ätzend finde, wenn's dem auch noch scheißegal ist, dass seine Freundin gegenübersitzt. Ich glaub, du bist 'ne ziemliche Null, menschlich gesehen.«

Dann nahm sie ihre Hand ganz langsam weg. Ich weiß nicht, wie sie das machte. Aber diese Geste war eigentlich noch vernichtender als ihre Worte.

Siegfried wurde grau, zischte nur »Dämliche Ziege« und pfiff dann mich an: »Auf was wartest du noch? Wir gehn.«

Der Abgang war weniger elegant. Der Impuls für eine zweite Fechterflanke war ihm vergangen. Also musste er sich an all den Leuten vorbeiquetschen, die es natürlich nicht lassen konnten, ihre schadenfrohen Bemerkungen zu machen: »Unser Don Juan ist abgeblitzt. Der Arme. Leg dich ins Bettchen und leck deine Wunden. Michaela, mach ihm 'nen Wadenwickel. Das kühlt.« Am liebsten wäre ich jedem von ihnen an die Kehle gesprungen. Und ich dachte nur: Die Blamage verzeiht er Sandra nie. Die ist für ihn gestorben.

Im Taxi saß er stumm da. Ich ließ ihn in Ruhe, nachdem mein Versuch, ihn ein bisschen zu trösten, völlig fehlgeschlagen war. Meine streichelnde Hand auf seinem Oberarm wehrte er ab wie ein ekliges Insekt. In mir erwachte die Wut auf Sandra. Tat wie was Besonderes. Ihn so massiv anzufahren. Vor allen Leuten bloßzustellen. Mein Gott, er war besoffen. Und nach so einer Premiere ist man sowieso in einem Ausnahmezustand. Das muss man doch nicht so eng sehen. Und dass sie meinte, für mich Partei ergreifen zu müssen. Geschenkt. Ich kann mich selbst verteidigen, wenn's nötig ist. Vorbei der Moment der Sympathie zwischen uns beiden. Siegfried hatte völlig Recht. Sie war eine dämliche Ziege.

Heute weiß ich, dass ich damals so wütend auf sie war, weil sie mich dazu gebracht hatte, Siegfried einen Moment lang mit ihren Augen zu sehen, als sie sagte: »Ich glaube, du bist 'ne ziemliche Null, menschlich gesehen.«

Zu Hause angekommen, soff er weiter. Erst hielt ich noch mit, aber dann wurde die mahnende Stimme in meinem Innern stärker, die sagte: Morgen früh ist der erste Durchlauf. Das ganze Stück im Ablauf. Du musst noch ein paar Stunden schlafen, sonst wird das eine einzige Katastrophe. Also verließ ich schweren Herzens diese Jammergestalt, die da auf dem Secondhandsofa saß, das seit drei Tagen mein Wohnzimmer zierte, und ging ins Bett. Der arme Kerl. Dass der Abend, der doch sein Fest hätte sein sollen, so enden musste.

Ich war kaum eingeschlafen – ich hatte dafür etwas länger gebraucht, weil ich mich so schwer auf die entspannenden Atemübungen konzentrieren konnte, ich horchte immer wieder zum Wohnzimmer hin –, also, ich hatte es endlich geschafft, da wurde ich unsanft aus dem Schlaf gerüttelt.

»Die ist frigide. Das ist es. Leid muss sie einem tun. Leid.«

Und damit fiel er auf mich wie von der Axt gefällt und schnarchte in den schönsten Tönen. Ich hatte Mühe, ihn auf seine Seite zu rollen, zog ihm nur die Schuhe aus. Alles andere war mir zu mühsam.

Sonst war sein Schnarchen für mich das reinste Wiegenlied. Ich konnte immer wunderbar dabei einschlafen. Doch in dieser Nacht störte es mich unglaublich. Es half nicht, mich seinem Atemrhythmus anzupassen, nicht, die zärtlichen Gedanken an ihn zu beschwören. Ich blieb wach. Aber ich musste schlafen. Da gab's nur eins: umziehn. Doch als ich mich vorsichtig aus dem Bett rollen wollte, griff eine Hand nach mir und zog mich zurück. »Nicht weggehn.« Und dann schnarchte er wieder vor sich hin. Wären Sie trotzdem aufgestanden und hätten Ihr Lager auf dem Secondhandsofa aufgeschlagen? Also ich nicht. Ich bin ja kein Unmensch. Und so bewachte ich treu sorgend seinen Schlaf.

So gegen sechs muss ich wohl doch noch mal eingeschlafen sein. Um fünf vor sechs hatte ich das letzte Mal auf die Uhr gesehen. Als dann der Wecker um halb acht klingelte, war ich ein Wrack. Siegfried lag wie tot neben mir und gab keinen Laut von sich. Ich rüttelte ihn vorsichtig ein bisschen. Nichts. Aber sein Herz schlug noch, das spürte ich, als ich meine Hand auf seinen Brustkorb legte.

Ich ließ ihn ungern so allein zurück. All diese Horrorgeschichten fielen mir ein: Bewusstloser an Erbrochenem erstickt und so. Aber was wollte ich machen? Ich musste los.

Und natürlich wurde die Probe *die* Katastrophe. Ich war überhaupt nicht vorhanden. Stand völlig neben mir. Meine Güte, wurde ich zur Sau gemacht. Aber der Regisseur hatte ja absolut Recht. Was ich da anbot, war schlicht eine Unverschämtheit. Extra meinetwegen wurde abends noch mal das ganze Stück auf den Probenplan gesetzt. Eigentlich sollte die Zeit der Technik vorbehalten bleiben, und wir hätten einen freien Abend gehabt. Die ungeteilte Antipathie meiner Kolleginnen und Kollegen war mir an dem Tag sicher.

Es ist mir zuerst gar nicht aufgefallen, dass Siegfried in den nächsten Tagen kaum mehr zu Hause war. Ich war es ja auch kaum. An dem Katastrophentag war ich erst gar nicht heimgegangen, sondern hatte mich mit meinem schlappen Kreislauf in die Sauna verzogen, den Alkohol rausgeschwitzt und die Blutzirkulation durch ausgedehnte Kaltwasserphasen wieder auf Vordermann gebracht. Abends hatte ich zwar Gummibeine, aber mein Kopf war wieder da, wo er hingehörte. Dass Siegfried schon schlief, war um kurz nach eins – solange hatte die Kritik noch gedauert – nicht verwunderlich. Und morgens um halb neun, als ich wieder los musste, schlief er noch. Ich wollte ihn nicht wecken.

Den nächsten Tag sah ich ihn gar nicht. War auch nicht ungewöhnlich, denn manchmal verbrachte er eine Nacht in seiner Wohnung. Post durchsehn und so. Er wohnte ja weiterhin offiziell dort. Irgendwie war mir das auch ganz recht, dass er nicht da war. Ich war sehr mit mir selbst beschäftigt. In der Schlussphase einer Inszenierung kann ich eigentlich keinen Menschen um mich rum gebrauchen.

Am schlimmsten ist der Tag der ersten Hauptprobe. Nichts stimmt. Nichts klappt. Man steckt zum ersten Mal im Kostüm, das einem noch gar nicht gehört. Steht zum ersten Mal im Originalbühnenbild, und plötzlich haut das mit den einstudierten Gängen nicht mehr hin, weil alles viel enger ist oder weiter als auf der Probebühne. Was natürlich absoluter Quatsch ist. Es kommt einem nur so vor. Und dann der Terror mit dem Licht. Das macht einen wahnsinnig. Bei der Beleuchtungsprobe hat zwar der Regieassistent alle einzelnen Positionen der Darsteller brav durchgestellt. Aber irgendwie müssen die im Regiebuch immer falsch eingezeichnet sein. Wieso sonst würde immer wieder der gleiche aberwitzige Dialog ablaufen?

»Stopp, du stehst falsch.« – »Hier hab ich immer gestanden.« – »Das kann nicht sein. Du bist völlig im Dunkeln.« – »Das ist doch nicht meine Schuld!« – »Trotzdem, mach mal freundlicherweise einen Schritt nach links. Stopp! Das ist nicht deine Position!« – »Sag ich doch.« – »Also gib mal zehn Prozent mehr!« (Das geht an den Beleuchter.) – »Jetzt dreh mal den Kopf!« – (Das geht an den Schauspieler) – »Stopp! Zu viel! Zu viel! Die/Der wird ja ganz teigig!« (Das geht wieder an den Beleuchter.) Und so geht das fünf Stunden am Vormittag und abends noch mal vier Stunden lang. Da kommt einem während der Pause am Nachmittag allenfalls die überstürzte Flucht nach Pitcairn, 25° 04′ Süd, 130° 06′ West, in den Sinn und der Schwur, nie mehr eine Bühne zu betreten, aber man hat keine Lust auf einen wie auch immer gestimmten Liebhaber.

Von Montag bis Freitag wird man durch die Mangel gedreht, kommt nicht zum Essen, kann nicht schlafen und schleicht wie eine gereizte Bestie durch die Gegend, die sucht, wen sie verschlingen kann. Und dann ist die Generalprobe vorbei und man steht schaudernd vor dem bodenlosen, gähnend schwarzen Loch, der Leere der schätzungsweise sechsundzwanzig Stunden, die noch vor einem liegen, bis man sich schweißnass und bibbernd auf den Weg ins Theater machen darf, um die Premiere zu bewältigen.

Eigentlich, wenn es der Zeitplan zulässt, sieht sich jeder von uns die Generalprobe des andern an. Aber

Siegfried war nicht gekommen. Probe hatte er nicht. Die nächste startete erst in einer Woche. Und da waren wir beide beteiligt. Endlich sollte es mit »Fool for Love« losgehen. Wo also steckte er? Ich brauchte ihn jetzt dringend. Es bestand sonst Gefahr für Leib und Leben.

Ich rief in seiner Wohnung an. Der Anrufbeantworter: »Pech gehabt, bin grad in L.A. zur Oscar-Verleihung.« Also manchmal waren seine Witze reichlich pubertär. Vielleicht hatte sich ja wieder was fürs Fernsehn ergeben, und er hatte es mir noch nicht sagen können oder wollen, weil ich die letzten Tage nicht ansprechbar war.

Aber wie sollte ich ohne ihn die nächsten Stunden überstehen? Da hilft bei mir nur eins: Hausputz. Mach ich nur dann. Vor allem mit Hingabe Fensterputzen. Hatte ich nicht irgendwo noch ›Fensterklar‹? Bevor ich mich auf die Suche begab, rief ich noch mal bei Siegfried an. Situation unverändert. Ich überlegte kurz, ob ich's bei Marion versuchen sollte. Aber das war mir denn doch zu blöd. Als ich auf der Suche nach den notwendigen Utensilien in der Küche in den Schrank unterm Spülbecken abtauchte, fand ich erstens ›Fensterklar‹ samt dazugehörigem Lappen. Zweitens Möbelpolitur. Wozu hatte ich die denn gekauft? Für meine Apfelsinenkisten? Drittens eine Flasche Fleckentferner und acht (!) Spülschwämme. Und dahinter ein Fläschchen, in dem laut Etikett ein Mittel war, um ein ›Ceran-Kochfeld‹ zu reinigen. Ich hatte aber gar kein ›Ceran-Kochfeld‹. Siegfried hatte in seiner Wohnung eines. Da hatte ich so'n Zeug benutzt, als ich da noch wohnte. Und ich hatte das bei meinem Umzug bestimmt nicht in meinen Koffer gepackt. Wozu denn auch? Und als ich hier einzog, stand das auch nicht da. Als Überbleibsel des Vormieters. Das wüsste ich. Ich hätt's gleich weggeschmissen. Wo also kam das her? Ich nahm es raus und schüttelte es. Schien nur noch ein kleiner Rest drin zu sein. Ich schraubte den Verschluss ab und roch dran. Und da stieg mir der Geruch nach Kakao in die Nase. Irgendwie bitter.

Ich sage Ihnen, mein Hintern sackte auf den Küchenboden wie so einer von den modischen Sesseln, so 'ne Art Säcke mit irgendwelchen Kügelchen drin. Die man irgendwie in die Gegend schleudert, und da liegen sie dann, in sich zusammengesunken, schlaff und wabbelig. Und wie ich da saß mit weit von mir gestreckten Beinen, schob sich plötzlich wie ein Dia, das in den Projektor gesteckt wird, vor mein geistiges Auge Siegfried, wie er vor meiner Spüle kniete, kurz nachdem er mich gefragt hatte, ob die Polizei meine Wohnung auch durchsucht hätte. Er hatte einen ziemlich abwegigen Grund genannt, als ich in die Küche kam und ihn fragte: »Was machst du denn da?«

Ein Rätsel war zumindest gelöst. Die Polizei hatte damals bei Siegfried das Fläschchen nicht gefunden. Er hatte es, zumindest den Inhalt, in Sicherheit gebracht. In meiner Küche. Möglicherweise gleich in der Nacht von Gabys Tod. Warum hatte er es nicht einfach weggeschmissen? Und wenn es die Polizei bei mir gefunden hätte? Gut, er hatte es getarnt. Aber die Tarnung war sehr verdächtig. Die hätten sich doch genauso wie ich gefragt, was das Zeug hier soll. Die Tragweite dieses Gedankens ging mir jetzt erst auf. Er hatte mich in Gefahr gebracht, und ich wollte damals schweigen wie ein Grab, um ihn zu schützen. Man könnte glatt auf den Gedanken kommen, er wollte den Verdacht auf mich lenken, wenn sich denn ein Verdacht oder ein Beweis bei der Obduktion ergeben hätte. Na, da würde ich ihm doch ein paar deutliche Fragen stellen müssen. War gespannt, was ihm darauf für Antworten einfallen würden. Wenn er doch nur erst käme. Aber er kam nicht. Fürs Fensterputzen hatte ich jetzt keinen Drive mehr. Ich tigerte in der Wohnung auf und ab und formulierte meine Sätze, spielte verschiedene Situationen durch. Nach zwei Stunden stand mein Text, aber immer noch kein Siegfried. Ich rief mehrmals bei ihm an, sprach zum Schluss doch eine Nachricht auf Band: »Wo bist du? Ruf mich sofort an! Sofort!«

Als ich aufgelegt hatte, dachte ich, der Ton war falsch. Auf Befehle reagiert er immer mit Verweigerung. Dass man so 'ne Nachricht nicht löschen oder ändern kann, ist zu blöd. Halt, ich konnte. Vorausgesetzt, er hatte den Code seit meiner Zeit nicht geändert, konnte ich mit meinem Abfragegerät seinen Anrufbeantworter abhören und auch bedienen. Das war einen Versuch wert.

Es klappte. Es piepste viermal, und ich hörte mir

die Nachrichten an. Nur gut, dass ich diesmal schon auf meinem Hintern saß.

Die erste ›message‹ war von Sandra: Lass mich endlich in Ruhe. Und bestechen lass ich mich schon gar nicht.

Nummer zwei: Hier ist Marion. Warum seh ich dich nicht mehr? Ich hab solche Sehnsucht nach dir. Bitte, komm.

Dann drittens: Hier spricht deine Mutter. Bitte melde dich umgehend. Es sieht so aus, als klappt die Sache. Du hast ein Schwein, mein Junge. Wir müssen schnellstens über die Einzelheiten reden. Und was das Projekt »Penelope« betrifft, so bin ich nicht deiner Meinung. Michaela ist genau richtig für die Rolle. Diese Sandra, die du uns einreden willst, kenne ich gar nicht. Man müsste erst Probeaufnahmen machen. Aber wozu. Peter will Michaela. Also hör auf, ihn wegen einer Umbesetzung zu nerven.«

Die vierte Nachricht war meine, die ich wieder löschte.

Bei mir machten erst mal alle Schotten dicht. Ist wahrscheinlich so eine Art Schutzmechanismus, damit man nicht überschnappt. Ohne darüber nachzudenken, warum, ging ich zuerst in die Küche, nahm das angebliche Pflegemittel für ein ›Ceran-Kochfeld‹, stellte es in eine leere Kaffeebüchse und verstaute die ganz hinten im obersten Fach meines Küchenschrankes. Kein gutes Versteck, aber für die nächsten Stunden musste es reichen. Morgen früh würde ich über eine bessere Lösung nachdenken.

In dieser Nacht fand meine Verwandlung statt. Ich wurde erwachsen. Meine Blauäugigkeit fiel von mir ab wie die Hülle einer Schmetterlingspuppe. Sie blieb als Gespinst zu meinen Füßen liegen. Ich machte einen Schritt drüber. Ich hatte es begriffen. So war das Leben. Es war alles ganz normal.

Daher war ich auch gar nicht überrascht, als ich drei Tage später zum Regisseur von »Fool for Love« bestellt wurde. Ich hatte noch nie mit ihm gearbeitet. Er war auch erst seit dieser Spielzeit an unserem Theater. Unser Intendant hatte es als seltenes Glück bezeichnet, dass »ich ihn habe überreden können, zu uns zu kommen«. Ihm ging der Ruf voraus, dass er ein Wahnsinnsarbeiter sei und sein Inszenierungsstil etwas ungewöhnlich. Wie ungewöhnlich sollte ich nur allzu bald am eigenen Leib erfahren.

Ich war wirklich offen für alles, soweit ich das mit meinem neuen Ich sein konnte. Ich wollte ihm ohne Vorbehalte begegnen, ihm erst mal eine Chance geben. Doch als ich in sein Büro kam, er aufstand und gleich den Arm um mich legte, um mich zum Stuhl zu führen, wusste ich, der wird ein Problem für mich.

Er legte sein Gesicht in tiefe Falten wie diese Möpse, die immer aussehen, als hätte sie einer im sechsten Stock an den Hinterbeinen festgehalten und im freien Fall auf die Schnauze knallen lassen. Was ihm diese Spurrillen ins Gesicht furchte, war ›mein‹ Siegfried. Er tat so, als sei ihm das sehr unangenehm, aber seit meiner Verwandlung war mein Blick geschärft. Ich sah, er genoss es.

»Ich hab ja schon gehört, dass Siegfried Schäfer und du ein Paar seid. Jetzt muss ich dich was Intimes fragen. Habt ihr im Moment Probleme?«

»Nein. Wieso?«

»Er will unbedingt, dass ich deine Rolle mit Sandra besetze. Was sagst du dazu?«

Also da versuchte Siegfried mich auch auszubooten. Es musste ihn heftig erwischt haben, dass er Himmel und Hölle in Bewegung setzte, um Sandra rumzukriegen.

»Ich denke, du musst das entscheiden. Du bist der Regisseur.«

Ich war gespannt, wie er reagieren würde. Das Mopsgesicht wurde noch zerfurchter.

»Ja, sicher. Klar. Ich will dich unbedingt. Keine Frage. Und Sandra will die Rolle auch gar nicht spielen. Ich hab sie gefragt.« – So weit waren wir also schon. – »Aber was machen wir, wenn Siegfried echt Probleme macht? Wenn er aussteigen will, falls wir auf seinen Wunsch nicht eingehen. Ich schätze dich sehr als Schauspielerin, das musst du mir glauben. Du liegst genau drauf. Du bist einfach May. Aber Siegfried ist unser Zugpferd. Den kennen sie alle. ›Das ist der aus dem Fernsehn.‹ Du weißt doch, wie bescheuert das Publikum ist.« – Wusste ich das? – »Seine Fans verschaffen uns eine Bombenplatzausnutzung.«

»Er wird keine Probleme machen. Ich red mit ihm.

Zur Not musst du mich eben dem besten Pferd im Stall opfern.«

Er tätschelte mir die Schulter, als ich zur Tür ging. Ich hasse das.

»Danke, danke, dass du so kooperativ bist. Das spricht für deine Klasse.«

Er meinte Blödheit, und da musste ich ihm sogar Recht geben.

Als ich nach Hause radelte, sagte ich mir: Michaela, es wird knapp. Du musst dir was einfallen lassen.

Dass ich Siegfried umbringen wollte, wusste ich schon seit dieser Nacht, als ich seinen Anrufbeantworter abhörte. Ich wusste nur noch nicht, wie. Ich hatte zwar das geheimnisvolle Mittelchen. Doch nach wie vor bestand dieses große Fragezeichen: Was war es? War es wirklich eine tödliche Substanz? War es tatsächlich Gift? Wie wirkte es? Und schon wieder ein unerklärlicher Herzstillstand in meiner allernächsten Nähe musste Verdacht erregen. Es musste der perfekte Mord sein. Aber der musste schon sehr perfekt sein. Schließlich hatte ich nicht die Absicht, Siegfrieds wegen den Rest meines Lebens im Gefängnis zu verbringen. Und ich wusste, der Kommissar hatte sein Misstrauen noch nicht beerdigt. Trotzdem hatte ich vor, die rätselhafte Flüssigkeit zu benutzen, weil mir ja keine andere nicht nachweisbare Waffe zur Verfügung stand. Sie war mittlerweile nicht mehr in der Kaffeebüchse. Ich hatte sie in ein Fläschchen gegossen, in dem mal Nagellackentferner gewesen war.

Der Kommissar hatte mir gesagt, dass Gaby aller Wahrscheinlichkeit nach gegen einundzwanzig Uhr gestorben sei. Die Schokolade mit meinen Tropfen hatte sie so gegen halb sieben getrunken. Also, wenn dieses Zeug ihren Tod verursacht haben sollte, brauchte es zwei bis drei Stunden, bis es wirkte. Aber wie tat es das? Gab es erst irgendwelche irritierenden Symptome? Und wenn, wann setzten die ein? Offensichtlich erst mit Verzögerung. Ich hatte ja an Gaby nichts Ungewöhnliches feststellen können. Und was passierte dann? Schlagartig Exitus? Und wieso hatte man bei ihr keine Spuren dieser Substanz gefunden? War sie generell nicht nachweisbar? War sie nach einer gewissen Zeit nicht mehr nachweisbar? Ich hatte von solchen rätselhaften Giftcocktails gelesen. In einem Krimi, der spielte in Asien irgendwo. Aber erfinden lässt sich ja viel. Ich wusste einfach zu wenig über das Zeug. Ich konnte es ja schlecht in einem toxikologischen Institut untersuchen lassen. Wie könnte ich es schaffen, dass Siegfried mir das darüber erzählte, was er wusste. Irgendwas musste er wissen.

Das Schicksal meinte es gut mit mir. Ich hatte wirklich ein Mordsglück. In der Nacht vor meiner Premiere kam Siegfried in den frühen Morgenstunden nach Hause. Ich schlief nicht, tat aber so. Die vorgenannten Fragen hatten mich wach gehalten. Er kam ins Bett und rutschte dicht an mich ran. Dann fing er an, an meinem Ohrläppchen zu suckeln und meinen Hintern zu streicheln. Ich ließ es zu, dachte: Ist so was wie ein Abschied. Er weiß es bloß noch nicht. Und dieses Wissen, das ich ihm voraus hatte, erregte mich. Ich hatte einen wunderschönen intensiven Orgasmus.

Danach habe ich bis zum Nachmittag tief und fest geschlafen. Er war auch noch da, als ich aufwachte. Machte uns um drei Frühstück, war zärtlich, zuvorkommend, fürsorglich. Sagte: »Du bist doch die Beste, und so was wie mich hast du nicht verdient.« Und abends bei meiner Premierenfeier tat er so, als sei er neu in heftigster Liebe zu mir entbrannt. Sagte mir immer wieder, wie toll ich gewesen sei. – Das war ich allerdings wirklich. Ich war über mich hinausgewachsen. – Er fummelte den ganzen Abend an mir rum, küsste mich ständig, und ich wusste, das tat er alles, weil Sandra da war. Sie sollte es sehen. Er versuchte, sie eifersüchtig zu machen. Oder wollte ihr demonstrieren, siehst du, ich brauch dich nicht. Er konnte einem fast Leid tun. Verweigerung war er nicht gewöhnt. Damit konnte er überhaupt nicht umgehn. Ich spürte, an Sandra beißt er sich die Zähne aus. Und manchmal trafen sich unsere Blicke, und ich sah, dass sie Bescheid wusste, und sie sah, dass ich das ganze Theater auch durchschaute. Und in der Ecke saß eine weidwunde Marion und glaubte alles, was sie sah.

Am Morgen danach, es war eher schon Mittag, fragte Siegfried mich plötzlich: »Wo ist denn das Pflegemittel für das ›Ceran-Kochfeld‹ hingekommen, das bei dir unter der Spüle stand?«

Und ich sagte: »Das habe ich weggeschmissen.«

Er schrie: »Was hast du gemacht?«

Ich: »In den Mülleimer geschmissen! Warum schreist du denn so? Ich brauch das doch nicht. Außerdem war sowieso nicht mehr viel drin. Hat der Vormieter bestimmt vergessen. Vielleicht hatte der so 'n Herd. Wieso interessiert dich das?«

Er sagte eine Weile nichts, dann meinte er: »Es ist vielleicht auch besser so. Drin war ein angeblich tödliches Gift.«

Mein erstauntes »Was?« war offensichtlich überzeugend. Er glaubte mir meine Unschuld. Ich merkte, er brannte förmlich darauf, mir endlich die Geschichte erzählen zu können.

»Als wir in Manila waren, da gab's Zoff. Na ja, zwischen zwei Mädchen aus der Crew. Die haben sich irgendwas eingebildet. Dass ich von denen was wollte. Natürlich hatte ich nichts mit denen.« – Nein, natürlich nicht. – »Auf jeden Fall wurde es sehr stressig. Ständig dieses eifersüchtige Gezeter. Die hatten sich dauernd in den Haaren. Und die eine, Kerstin, war auch noch das Verhältnis von Peter, unserm Regisseur. Der machte einen unglaublichen Aufstand, als er sie nachts in meinem Zimmer erwischte. Dabei konnte ich wirklich nichts dafür. Die hatte bei mir geklopft, weil sie angeblich ein Aspirin brauchte. Dass sie förmlich nackt war, konnte ich ja durch die Tür nicht sehen.«

Ich sah ihn mir an, den armen, verfolgten Unschuldsengel, wie er da auf einer meiner Apfelsinenkisten saß. Auf dem Sofa saß ich. Was war an ihm dran, dass wir alle so leichte Beute für ihn waren? Ich hatte das Phänomen noch nicht ergründet.

»Langer Rede, kurzer Sinn, die allgemeine Stimmung war auf dem Tiefpunkt. Und da gab es so einen alten Mann, einen Eingeborenen, der half beim Kabelschleppen. Der konnte ein paar Brocken Englisch. Mit dem hab ich manchmal ein bisschen gequatscht. Irgendwie freute der sich wahnsinnig drüber.«

Das war sicher ein Teil des Phänomens Siegfried. Er konnte jedem, mit dem er sprach, das Gefühl geben, dass er sich wahnsinnig für ihn interessiere. Dabei zündete er im anderen nur ein Licht an, damit er selber im Widerschein stand.

»Und dem gefiel mein altes T-Shirt so gut. Weißt du, das mit Marilyn drauf. Und da hab ich es ihm geschenkt. Der hätt mir am liebsten x-mal am Tag die Hände geküsst vor lauter Dankbarkeit. Na ja, und an einem Tag war's mal wieder besonders schlimm. Kerstin bekam in einer Szene mit mir einen hysterischen Anfall, Peter machte mich zur Sau, schrie mich an: »Ich setz dich ins Flugzeug und schick dich heim, wenn du das nicht in den Griff kriegst. Tob dich woanders aus. Du gefährdest das ganze Projekt. Das Haus bleibt sauber! Merk dir das!« – Schade, bei der Szene wäre ich gerne dabei gewesen. – »Und nach dem Dreh, der hat mich geschunden, ich sag dir, ließ seine ganze Wut an mir aus. Nichts von dem, was ich gemacht hab, hat ihm gepasst. Manchen Take hat der zehnmal wiederholt. Aber der hat mich nicht kleingekriegt. Ich hab's ihm gegeben.«

Tapferer Kämpfer. Sieh her, ich, das kleine Frauchen, bin stolz auf dich. So hättest du's doch gern.

»Abends war ich fix und fertig. Und wie ich so zum Hotel schleiche, steht der Alte hinterm Tor und zieht mich am Ärmel in die Büsche. Er drückt mir ein kleines Fläschchen in die Hand. Drauf steht mit Nagellack geschrieben: »Caution!!!« Die Flüssigkeit, die drin ist, sieht wie Wasser aus. Und dann hat er mir mit Gesten und seinen paar Brocken Englisch erklärt, dass das ein garantiert tödliches Gift sei. Die Wirkung setze erst nach zwei bis drei Stunden ein. Vorher merke man gar nichts. Doch dann könne man sich plötzlich nicht mehr bewegen, man würde noch zweimal nach Luft schnappen, und dann bliebe das Herz stehen. Es ginge ganz schnell. Du hättest ihn sehen sollen. Filmreif. Wie der erst steif wurde, dann nach Luft japste und die Augen verdrehte, röchelte und umfiel wie vom Schlag getroffen. Ach ja, vorher hatte er mir noch klargemacht, dass das Zeug nach acht Stunden nicht mehr nachzuweisen wäre. Und wen ich damit umbringen sollte, war auch klar. Die Handbewegungen waren nicht misszuverstehen. Kerstin hat einen ziemlichen Vorbau.«

»Und du hast dieses ›Geschenk‹ angenommen?«

Ich saß mir selber gegenüber, sah mir zu, sah meine ungläubig weit aufgerissenen Augen, spielte mein Fach, die Jugendlich-Naive, sehr überzeugend. Und der Held der großen weiten Welt mit seinen spannenden Abenteuern genoss meine Faszination. Gute Szene.

»Klar, musste ich doch. Konnte ihn doch nicht beleidigen.«

»Warum hast du es denn nicht gleich im Hotel weggeschmissen?«

»Weiß nicht. Ich traute mich nicht. War bestimmt nur Wasser drin. Aber ich war mir nicht sicher. Und wenn er nicht gelogen hat, hab ich mir gedacht, könnte ich es ja irgendwann vielleicht mal gebrauchen. Hat mir gefallen, die Idee, so Herr über Leben und Tod zu sein.«

»Aber warum hast du es bei mir versteckt?«

»Na ja, die Polizei wird meine Wohnung durchsuchen, hab ich mir gedacht. Weil Gaby doch plötzlich einfach so gestorben ist. Da müssen die doch meine Wohnung durchsuchen. Rein routinemäßig. Und wenn nun wirklich Gift drin ist, hab ich mir gedacht, komm ich in Schwierigkeiten.«

»Und was war mit meinen Schwierigkeiten? Ich hatte sogar ein Motiv.«

»Aber keine Ahnung von dem Gift. Das hätte ich der Polizei schon klargemacht.«

Kann sein, er glaubte an das, was er sagte. Aber ich war mir ziemlich sicher, für den Fall der Fälle hätte ich in ihm keinen Ritter mit dem Flammenschwert gehabt, der mich aus der Gefahr errettete.

Doch das war jetzt auch egal. Wenn denn der Alte ›wahr gesprochen‹ hatte, war die perfekte Waffe in meinen Händen. Nur musste ich mir überlegen, wie und wann ich sie benutzen wollte. Es musste eine völlig andere Situation als bei Gaby sein. Am besten wäre natürlich, wenn irgendeine andere Todesart dafür verantwortlich gemacht werden könnte. Wenn's wie ein Unfall aussähe, das wäre ideal. Und es müssten möglichst viele Zeugen dabei sein.

Ich zermarterte mir den Kopf, deshalb hab ich es erst auch gar nicht mitbekommen, dass Siegfried sagte: »Ich hab mir überlegt, dass es vielleicht besser ist, wenn ich während der Proben in meiner Wohnung schlafe. Bei dem Stück brauchen wir beide bestimmt ab und an ein bisschen Abstand voneinander.«

Die Worte kamen erst mit Verspätung in meinem Gehirn an, als hätte ein Echo sie zurückgeworfen. Mir blieb noch weniger Zeit, als ich dachte. Aber in mir stieg eine vage Idee auf. Sie musste sich nur noch ein bisschen konkretisieren. Möglicherweise würde sie all die Bedingungen erfüllen, die ich für unumgänglich hielt.

Ich gab mich verständnisvoll, sagte: »Wahrscheinlich hast du Recht. Aber ich werde dich schrecklich vermissen. Und es muss doch auch noch nicht gleich sein.«

»Na ja, da wir beide es für richtig halten, sollten wir's nicht auf die lange Bank schieben.« – Die lange Bank war noch knapp eine Woche. – »Am besten pack ich gleich. Dann haben wir es hinter uns. Nun guck nicht so traurig. Ist doch nur vorübergehend. Und wir sehn uns doch jeden Tag. Und nach der Premiere fahren wir irgendwohin. Machen uns irgendwo ein schönes Wochenende. Nur wir zwei. Du darfst dir aussuchen, wohin wir fahren.«

»Das ist noch so lange hin – und dann gibt es dich schon lange nicht mehr, mein Schatz.« Nur die erste Hälfte des Satzes sagte ich laut. »Ich will 'ne Anzahlung. Gönn uns den nächsten Sonntag. Das Wetter ist noch so schön. Wir könnten an den Tegeler See radeln und dort picknicken.«

»Gebongt.«

Wie es aussah, hatte er mit mehr Widerstand von meiner Seite gerechnet. Er war so erleichtert, dass er mich ein paar Mal in den Arm nehmen und küssen musste. Und dann nahm er seine CDs, seine Bücher, sein Geschirr mit der angeschlagenen Lieblingstasse, packte die vier Koffer mit seinen Klamotten voll und nahm auch die Jenaer Glasschüssel mit, in der damals Gabys Braten gewesen war. Ziemlich viel Aufwand für eine vorübergehende Abwesenheit. Wenigstens war er so rücksichtsvoll, mich nicht zu bitten, ihm zu helfen.

Wie gesagt, zwei Tage später fand das Gespräch mit dem Regisseur statt, und ich wusste, warum Siegfried es so eilig hatte, aus meiner Wohnung zu verschwinden. Feigling.

Was, wir sind schon in Frankfurt? Der Osnabrücker stiert ja immer noch. So, wie der mich anguckt, würd der gern mit mir reden. Wenn der wüsste, dass ich das schon die ganze Zeit tue.

Frankfurt. Da hab ich auch mal gewohnt. War mein zweites Engagement. Das waren meine nächsten drei keuschen Jahre. Nur seelisch, versteht sich. Ich musste mich regenerieren. Außerdem dachte ich, dass ich nie wieder jemanden würde lieben können. Mein Bedarf war gedeckt. Nicht was den Sex anging. Der war eigentlich in der Zeit besser denn je. Das verdanke ich Otto.

Früher habe ich immer gedacht, wie kann man jemandem hörig sein. Ich glaub, bei Otto war ich nah dran. Mir trieften förmlich die Lefzen, wenn er in meine Nähe kam. Da gab's Szenen. Oh, oh. Wir konnten uns einfach nicht zurückhalten. Der war Regieassistent in dem Stück, in dem ich mitspielte. Und wir sahen uns natürlich dauernd. Wir litten Tantalusqualen während der Probenzeit. Und in der Pause sind wir durchs Haus gehetzt und haben irgendein stilles Plätzchen gesucht. Wir trieben es auf der Beleuchterbrücke, im Büro des Intendanten, in meiner Garderobe, im Fundus zwischen den Kostümstangen. Mann, o Mann. Und immer in Gefahr, jeden Moment erwischt zu werden. Ich hab da Sachen kennen gelernt – Herz und Hirn waren völlig ausgeschaltet. Ich war nur noch Möse.

Nach der Premiere war es dann schlagartig vorbei. Und das war auch in Ordnung so. Wir haben noch öfter zusammen gearbeitet, haben uns auch weiter ganz gut verstanden. Aber eine Freundschaft, so eine vertraute, platonische, wie sie sich manchmal aus einer rein sexuellen Beziehung entwickelt, wurde nicht draus. Vielleicht waren wir uns doch in diesen hitzigen Momenten etwas zu nahe gekommen. Doch es war eine gute Sache gewesen. Jeder wollte vom anderen nicht mehr als puren Sex. Und nach Siegfrieds Tod war das für mich die einzige Möglichkeit, einen Mann wieder nahe an mich ranzulassen. Man könnte sagen, Otto hat mich dem Leben zurückgegeben. Denn ich wär auch beinahe mit draufgegangen.

Nur die Ruhe, ich erzähle es Ihnen ja. Der Sonntag kam. Ein Oktoberwochenende wie aus dem Bilderbuch. Strahlender Sonnenschein. Warm. Verspäteter Altweibersommer. Siegfried kam wie verabredet um zwölf. Ich hatte den Picknickkorb gepackt: gegrillte Hähnchenbeine, Reissalat, Käse und Brot und zum Nachtisch in zwei kleinen Schälchen einmal Mousse au chocolat, Siegfrieds Lieblingsspeise, und für mich Vanillepudding.

Ich sah ihm an, dass er schlechter Laune war. Wahrscheinlich deshalb, weil er mir den Ausflug überhaupt versprochen hatte. Vielleicht war er aber auch nur mies drauf, weil er bei Sandra noch nichts erreicht hatte. Aber er gab sich Mühe. Das muss ich sagen. Während wir so dahinradelten, merkte ich, dass er an einer Frage kaute. Er musste wissen, dass der Regisseur mittlerweile mit mir gesprochen hatte. Aber er stellte sie mir nicht.

Und als wir so am See bei unserem Picknick saßen, wurde es eigentlich richtig nett. Er alberte rum, machte Kollegen nach, was er sehr gut konnte. Er sprach davon, wie schön es doch sei, wenn sich aus Liebe Freundschaft entwickeln würde.

»Schließlich kann man ja nicht einfach das Stück des Lebens, das man mit diesem Menschen verbracht hat, aus seiner Biographie rausschneiden. Auf jeden Fall wünsche ich mir, dass du mein Kumpel bleibst, wenn wir uns mal nicht mehr lieben sollten.«

Ich lächelte wie die Sphinx.

»Glücklicherweise ist es ja noch nicht so weit.«

Man muss ihm zugute halten, dass es etwas dauerte, bis er mir zustimmte.

»Glücklicherweise.«

Daraufhin entschloss er sich offensichtlich, das heikle Thema nun doch nicht anzuschneiden. Die Konfrontation konnte er sich ja wirklich sparen. Er wusste, dass ich gleich Montag um neun beim Intendanten vorstellig werden sollte. Und das konnte ja nur heißen, dass der mit mir über die Besetzung von »Fool for Love« reden wollte. Vielleicht tat ich Siegfried wirklich ein bisschen Leid. Er bewies ja ab und an durchaus Gemütsregungen. So ist es ja nicht. Wahrscheinlich dachte er im Moment, genau wie damals bei Marion: »Armes Tierchen.« Sein Benehmen mir gegenüber war fast liebevoll.

Von meiner inneren Anspannung merkte er nichts. Ich hatte ständig die Uhr im Auge. Der Zeitplan war genau kalkuliert, so genau wie bei meinem mageren Wissen möglich. Wenn ich den nicht einhalten konnte oder die Berechnungen aufgrund von Gabys Tod und den Aussagen des Mannes aus Manila nicht stimmten, sah's für mich gar nicht gut aus. Aber ohne Risiko kein Erfolg.

Nachdem wir unseren Nachtisch gegessen hatten, er sein Mousse au chocolat, ich meinen Vanillepudding, musste es schätzungsweise noch eineinhalb bis zwei Stunden dauern. Bis jetzt lief alles prima. Wir dösten nach dem Essen bestimmt so eine knappe Stunde vor uns hin. Ungefähr hundert Meter vom Ufer entfernt dümpelte ein nicht zu großes Badefloß. Für meinen Plan geradezu unverzichtbar. Wir waren hier schon mal gewesen. In unserem ersten Jahr. Das war mir glücklicherweise wieder eingefallen.

Scheinbar aus einem jähen Impuls heraus sprang ich jetzt auf und rief: »Schluss mit der Trägheit. Wer zuerst am Floß ist.«

Würde er mir folgen, oder blieb er einfach liegen? Das war die entscheidende Frage. Doch als ich so zwei, drei Meter vom Ufer entfernt war, platschte es laut hinter mir, und kurz drauf zog er mit kräftigen Stößen grinsend an mir vorbei. Erwischt. Solche Wettkämpfe hatten wir öfter veranstaltet. Ich bin eine ziemlich gute Schwimmerin, hab mal Wettkampf gemacht. Und wenn ich mich anstrengte, konnte ich ihn sogar schlagen. Und das mochte er gar nicht. Doch diesmal wollte ich ihn gar nicht schlagen. Er sollte einen Vorsprung von acht bis zehn Meter haben. Ich durfte ihm im entscheidenden Moment nicht zu nahe sein. Aber noch zeigte er keine Schwäche, sondern pflügte durch das Wasser wie ein Olympiakämpfer im Endspurt. Als ich endlich scheinbar etwas außer Atem am Floß ankam, lag er schon mit weit ausgebreiteten Armen in der Sonne.

»Um Längen geschlagen. War heute ein schwaches Bild, Michaela, was du da geboten hast.«

»Muss ich zugeben.«

Ich streifte die Träger von meinem Badeanzug runter und legte mich neben ihn. Seit unserem Picknick waren schätzungsweise eine und eine Viertelstunde vergangen. Ich drehte mich auf die Seite, verdeckte so notdürftigst vor den anderen Badenden am Strand, dass ich anfing, seinen Bauch zu streicheln. Sie sollten es ja ruhig sehn, das glücklich liebend Paar, das die Finger nicht voneinander lassen kann. Ich umkreiste seinen Bauchnabel mit den Fingerspitzen. Er protestierte schwach: »He, bist du verrückt. In aller Öffentlichkeit.« Aber er wehrte meine Hand nicht ab, als ich mein Streicheln unter seiner Badehose fortsetzte. Und während ich es ihm gut sein ließ, beobachtete ich ihn ganz genau. Ich durfte den entscheidenden Moment nicht verpassen. Aber ich wollte mir das noch gönnen und ihm auch. Jetzt dachte ich: armes Tierchen. Zum letzten Mal. Und als ich spürte, jetzt ist er so weit, küsste ich ihn auf den Bauch und schubste ihn anschließend ins Wasser. Nicht ohne dabei ein neckisches, fröhliches Gelächter auszustoßen. Hört ihr es auch alle, wie verliebt wir sind? Prustend kam er wieder hoch. Er grinste: »Schamloses Subjekt.« Meine Behandlung hatte ihm offenbar gefallen. Gut so. Dann rief er: »Revanche! Komm!«, und kraulte los.

Ich tat so, als hätte ich einige Mühe, meinen Badeanzug wieder ordnungsgemäß herzurichten, und ließ

Siegfried dabei nicht aus den Augen. Mittlerweile war er ungefähr fünf Meter von mir weg. Da merkte ich, dass er Schwierigkeiten bekam. Offensichtlich gelang es ihm plötzlich nicht mehr, den linken Arm zu heben. Und auch mit dem rechten hatte er Probleme. Er drehte sich zu mir um. Selten so fragende Augen gesehen. Noch verstand er nicht, was ihm da passierte. Er rief: »Michaela!« Dann noch mal etwas lauter: »Michaela!« Das war mein Stichwort. »Ich komme!«, rief ich, so laut ich konnte, und sprang ins Wasser. Ich wirbelte mächtig viel Wasser auf, um zu verbergen, dass ich nicht versuchte, so schnell wie möglich bei ihm zu sein. Ich zählte bis zehn, dann schrie ich »Hilfe!«, und wedelte verzweifelt mit dem rechten Arm. Dann rief ich: »Siegfried« und schob meinen Oberkörper, so weit es ging, aus dem Wasser. Ich sah grade noch, wie er mit weit aufgerissenem Mund nach Luft schnappend unterging. Jetzt musste ich mich beeilen. Mein »Rettungsversuch« musste echt aussehen. Aber wo war er? Ich konnte ihn nicht mehr sehen. Ich tauchte, riss die Augen auf. Doch in der trüben Brühe war nichts zu erkennen. Plötzlich war er direkt vor mir. Mit geschlossenen Augen, die Arme hingen schlaff herab, trudelte er langsam in die Tiefe. Ich fasste ihn vorschriftsmäßig im Abschleppgriff und tauchte mit ihm sprudelnd und strampelnd an die Oberfläche. Und in diesen fünf bis zehn Sekunden, die wir an der Oberfläche trieben, flüsterte ich ihm ins Ohr: »Das ist für Sandra und für Gaby und für Kerstin und für Marion und all die, von denen ich nichts weiß. Und für deinen Verrat an meiner Liebe und an mir im Besonderen und im Allgemeinen.«

Ich weiß nicht, ob er das noch gehört hat. Aber man sagt ja, dass die Sinne erst langsam sterben. Dann ließ ich ihn scheinbar ermattet los, nicht ohne vorher noch mal völlig verzweifelt: »Hilfe!«, zu rufen. Siegfried sackte ab wie ein Stein. Ich weiß nicht, warum, ein Impuls trieb mich, ihn zu halten und ich erwischte ihn wirklich und kam noch mal mit ihm an die Oberfläche. Und plötzlich machte er die Augen auf und sah mich an. Ich sah, er wusste, dass ich das Pflegemittel für das Ceran-Kochfeld nicht weggeschmissen hatte. Und dann weiß ich nur noch, dass er plötzlich meine Beine mit seinen umklammerte, obwohl er die doch eigentlich nicht mehr hätte bewegen können, und mich nicht losließ. Ich steckte wie in einem Schraubstock. Als ich mit ihm unterging, dachte ich nur: Das ist alles ganz richtig so. Ich bin sowieso schon tot.

Ich wachte im Krankenhaus auf. Sandra saß an meinem Bett. Grinste mich an und sagte: »Da bist du ja wieder.«

Ich hab das alles nicht gleich auf die Reihe gekriegt. Einige Zeit vorher war ich schon mal wach geworden. Dachte, ich träum. Ein Raum mit diesen merkwürdigen medizinischen Geräten. Hatte ich noch nie gesehen. Mir gegenüber lag ein unglaublich fetter nackter Mann auf einem Gestell, das sich piepsend auf und ab bewegte und gleichzeitig hin und her. Als wäre hoher Seegang. Nee, dachte ich, der Traum gefällt mir nicht. Da wachst du doch lieber auf. Aber so sehr ich mich auch anstrengte, der Traum verschwand nicht. Also entschloss ich mich, die Augen wieder zuzumachen und etwas anderes zu träumen. Und dann wachte ich wieder auf, und der Traum hatte sich immer noch nicht verändert. Nur Sandra saß da. Also musste ich akzeptieren, dass das um mich herum die Wirklichkeit war. Ich lag auf der Intensivstation und war dem Leben zurückgegeben. Und in einer Stunde würde man Siegfried beerdigen. Wie mir Sandra erzählte.

Sie besuchte mich jeden Tag. Ich denke, Sandra ahnte irgendetwas. Wenn sie auch nicht wissen konnte, was genau passiert war. Aber ich hatte das Gefühl, sie würde meine Tat akzeptieren. Ich hab ihr nie etwas erzählt, und sie hat nie gefragt. Sie brachte mir die Zeitungsausschnitte mit, in denen Siegfried und ich als das tragische Paar verherrlicht wurden. Die Parallele zu meiner ersten Rolle als »Julia« wurde öfter gezogen. Nur dass ich meinem Romeo nicht in den Tod gefolgt bin. Aber beinahe. Wie die Wasserschutzpolizei uns in inniger Umarmung aus dem Wasser gezogen hatte, wurde spaltenbreit beschrieben. Mein verzweifelter, vergeblicher Versuch, ihn zu retten, der mich fast das Leben gekostet hätte, war der Stoff, aus dem »die Tränen sind«. Ich war die Heldin. Ob es diese ungerechte Verherrlichung meiner Person war oder der Besuch seiner Mutter, die mir mit Tränen in den

Augen dankte für das, was ich getan hatte. Oder ob es die Trauer um Siegfried war, denn schließlich hatte ich ihn mal geliebt. Es war ja an ihm nicht alles Verrat und Betrug gewesen. Oder ob ich um die Person litt, die mit ihm untergegangen war. Die Michaela, die an die ewige Liebe glaubte, an den Ritter mit dem Flammenschwert, an Fairness, Vertrauen und Ehrlichkeit, sie lag unten im Schlamm auf dem Grund des Tegeler Sees. Egal warum, ich fiel erst mal in eine tiefe Depression. Die hatte auf keinen Fall etwas mit Schuldgefühlen zu tun. Die hatte ich nicht. Auch keine Reue. Ich hätte es wieder getan. Trotzdem rutschte ich in den schwarzen Trichter mit der Todesfratze. Und hätte ich Sandra nicht gehabt, ich weiß nicht, wie ich da wieder rausgekommen wäre.

Sie kam jeden Tag, brachte mir die verrücktesten Geschenke mit. Irgendein Stück vom Bühnenvorhang. Hatte sie heimlich mit der Schere rausgeschnippelt. Das Band, das ich als »Julia« im Haar hatte, klaute sie im Fundus. Den Becher aus meiner letzten Premiere, den mir als Recha »Nathan der Weise« geschenkt hatte, holte sie aus der Requisite und setzte mir die Mütze vom dritten Zwerg von links auf den Kopf. Und zuletzt drückte sie mir das eingestrichene Textbuch von »Fool for Love« in die Hand. Sie hatten meinetwegen die Produktion um eine Position nach hinten verschoben. Jetzt setzte man wohl auf mich als Zugpferd, mit meiner von Tragik umwölkten Stirn. Ich spielte die May, so wie ich es gewollt hatte. Und Eddie war Christoph, Sandras Freund, der normalerweise in Zürich am Theater arbeitete. Er war gut. Er war nicht Siegfried. Klar. Der hätte das ganz anders gespielt. Aber wir waren ein gutes Paar.

Leider hat uns das nichts genützt. Guido, unser Regisseur, war ein Henker aus Passion. Dagegen war ich ein trauriger Clown, ein hilfloser Dilettant. Am Anfang sah alles noch ganz positiv aus. Wir improvisierten auf Teufel komm raus. Analysierten den Grundgedanken einer Szene und entwickelten daraus Parallelen, spielten die verschiedenen Möglichkeiten durch. Die ersten beiden Wochen war ich hell begeistert. Ausprobieren können, wie schön. Völlig egal, ob's falsch war. Richtig in die Vollen gehn, mit totalem Körpereinsatz. Christoph und ich waren mit blauen Flecken übersät, und einmal musste eine Platzwunde an meiner linken Augenbraue genäht werden. Danach war ich etwas vorsichtiger. Solche Blessuren machen sich auf der Leinwand nicht gut. Es sei denn, sie sind so markant, dass man draus ein Markenzeichen machen kann. Apropos Leinwand. Das »Penelope«-Projekt war immer noch nicht unter Dach und Fach. Der Regiesseur, dieser Peter, wollte sich vorher unbedingt erst noch meine May anschaun. Möglicherweise hatte Siegfrieds Insistieren, mich doch lieber durch Sandra zu ersetzen, irgendwelche Zweifel in ihm geweckt. Die würden ihm vergehen, wenn er mich in dieser Rolle erleben würde. Dessen war ich mir ganz sicher. Und damit nähern wir uns dem Desaster.

Zwei Wochen vor der Premiere krochen die Zweifel, die seit ein paar Tagen an meiner Seele kratzten, an die Oberfläche. Zum ich weiß nicht wievielten Mal änderte Guido die Anfangsszene. Die Anfangsszene! Das müssen Sie sich mal vorstellen. Nach acht Wochen Probenarbeit hatten wir gerade mal die Hälfte des Stückes geschafft. Immer wenn wir dachten, nun haben wir eine Lösung gefunden, so kann's gehn, jetzt muss das nur noch ausgefeilt werden, schmiss unser genialer Regisseur wieder alles um.

»Lasst uns alles, was war, vergessen. Tut so, als seid ihr völlig ahnungslos. Wenn du die Szene zum ersten Mal liest, Michaela, was sagt dir die?«

Also, wenn Sie die Szene schon dreißigmal durchgekaut haben, dann fällt das mit der ›Unschuld vor dem Text‹ immer schwerer. Christoph und ich wussten mittlerweile überhaupt nicht mehr, wo Gott wohnt. Irgendwann musste doch mal eine Entscheidung fallen. Mal liebte ich meinen Bruder nur platonisch und ging nur, weil *er* es so gern wollte, mit ihm ins Bett. Mal war *ich* diejenige, die ihn zwischen die Kissen zerrte, obwohl er doch eigentlich gar nicht wollte. Mal waren wir unschuldig in Leidenschaft einander verfallen wie seinerzeit Adam und Eva. Mal waren wir völlige Gemütskrüppel, sollten aber das Böse als Ausfluss reinster Natürlichkeit zeigen. Also schuldig Unschuldige spielen. Dann gab's mich zwischendrin noch als autistische Person, die von ihrem Bruder vergewaltigt wird. Das war die Szene mit der Platzwunde. Und nun waren wir plötzlich Hänsel und Gretel, die sich im finsteren Wald ihrer unerlaubten Gefühle verirrt haben. Und die sexualfeindliche Erziehung hatte als Vögelchen verkleidet all die Erbschen aufgefressen, die uns aus unserem Emotionsdschungel wieder hätten herausführen können. Da rastete ich aus.

»Verdammt noch mal, was denkst du dir eigentlich dabei? Heute hüh und morgen hott. Haste schon mal was davon gehört, dass es für eine Inszenierung ein Konzept gibt? Dilettant! Arschloch! Experimentierst hier rum. Hast keine Ahnung. Keine Szene steht. Wann sagst du endlich mal, was Sache ist. In zwei Wochen ist Premiere.«

Erst war mal Stille. Dann klatschte Guido in die Hände und rief: »Bravo! Bravo! Und den Drive nimmst du jetzt mit in die Szene.«

Ich hätte da noch aus der Produktion aussteigen sollen. Doch so eine Konventionalstrafe ist nicht von Pappe. Und so toll war meine Gage nicht, dass ich das locker hätte hinblättern können. Aber der Schaden, der dadurch entstand, dass ich mich beschwatzen ließ und weitermachte, war wahrscheinlich größer. Ich bekam die Rolle in dem Penelope-Projekt nicht, weil Peter, der Regisseur, bei mir in »Fool for Love« die erotische Ausstrahlung vermisst hatte. Klar, der Vergewaltiger hatte mich in ein besonderes Korsett gezwängt. In ein Kostüm, das Sie sich in Ihren schlimmsten Träumen nicht vorstellen können. Blümchenmuster. Überm Busen gesmokt, unterm Busen gefältelt. Wie so 'n Kinderkleid.

»Das ist gerade das Raffinierte daran«, hatte der

mir eingeredet, als ich mich gegen diesen unmöglichen Fetzen gewehrt hatte. »Du siehst aus wie ein Schulmädchen, aber dahinter steckt eine Hure.« – Bei der Version waren wir vier Tage vor der Premiere angelangt. – »Der Lolita-Effekt, verstehst du.«

Und ich hab mich bequatschen lassen. Können Sie mal sehen, wie der mich verunsichert hatte. Dabei spürte ich von Anfang an, mit dem Kleid kann ich mir einen Wolf spielen. Hilft alles nichts.

Sandra sagte mir nach der Premiere: »Irgendwie sahst du aus wie 'n Debilo. Die Proportionen stimmten überhaupt nicht.«

Und dieser schlimmste aller schlimmen Momente meines Lebens, als ich zum Applaus rausging und sich kaum eine Hand rührte. Zwei vereinzelte Buhrufer. Und was noch schlimmer war, während der ein oder anderen Szene hatte ich brüllendes Gelächter geerntet. Aber der Regisseur wurde in der Presse als genial gerühmt, musste 'ne gute Lobby haben, auch wenn die Buhrufe bei ihm viel heftiger waren als bei mir. Ich wurde als die absolute Fehlbesetzung bezeichnet. »Michaela Mann trug als May ein gesmoktes Kinderkleidchen. Und damit, meinte sie wohl, sei es genug gewesen.«

Können Sie sich vorstellen, wie mir zu Mute war? Der Mensch hatte nicht nur meine Karriere auf dem Gewissen. Er hatte mich beruflich, seelisch und moralisch erledigt. Mir jedes Selbstwertgefühl genommen. Ich traute mich kaum noch auf die Straße.

Sandra nahm mich mal wieder am Händchen und führte mich aus dem Loch. Mit ihr war ich, seit Siegfried tot war, sehr oft zusammen. Wir verstanden uns prima. Keine Rivalität zwischen uns beiden, keine Eifersüchteleien, obwohl sie schon eher in mein Fach reinspielte. Aber wir nahmen uns die Butter nicht vom Brot.

»Kopf hoch, Michaela. Hast du doch selber immer gesagt. Nächste Chance, nächstes Glück. Ich weiß, dass du gut bist, und du weißt es auch. Also lass dir von diesem Nichtskönner nicht in die Suppe spucken.«

Mühsam stellte sie mich wieder auf die Beine. Sie ging auch mit mir zum Intendanten. Ich setzte durch, dass ich in der zweiten Vorstellung T-Shirt und Jeans trug. Das Kinderkleidchen hab ich dem Theater abgekauft. Es hängt als Mahnung bei mir im Kleiderschrank. Ich wollte mich nie wieder zu etwas überreden lassen, von dem ich ganz genau wusste, dass es falsch war.

Und dann der Schock. Ich wusste, dass ich als nächstes in Cechovs »Drei Schwestern« die Irína spielen sollte. Doch eines Morgens hing der Besetzungsplan am schwarzen Brett, und ich spielte nicht die Irína, sondern die Mascha, für die ich nun wirklich noch zehn Jahre zu jung war. Aber das nicht allein. Regie führte nicht wie vorgesehen der Regisseur, mit dem ich die Recha erarbeitet hatte, sondern der Verbrecher, der Henker, der Vernichter. Ich war am Boden zerstört.

Er wolle mir noch 'ne Chance geben, sagte er.

»Wir haben doch eigentlich sehr gut zusammengearbeitet. Schön, die Premiere ist danebengegangen. Aber mittlerweile bist du doch sehr in die Rolle reingewachsen.«

Ja, weil das, was ich spielte, nichts mehr mit dem zu tun hatte, was er inszeniert hatte. Christoph und ich hatten unsere eigene Version gefunden. Und dieser Stümper merkte das noch nicht mal.

Was sollte ich tun? Die Rolle nicht spielen. Aber ich wollte spielen. Nicht die Mascha, die war auf seinem Mist gewachsen. Die Irína, so wie ursprünglich vorgesehen. Außerdem, warum sollte ich klein beigeben? Er musste weg. Er musste daran gehindert werden, dieses Stück zu inszenieren. Wie sollte ich das schaffen? Ich konnte alles Unheil dieser Welt auf ihn herabbeschwören. Voodoo-Zauber veranstalten und ein kleines Wachspüppchen mit Nadeln spicken. Aber mit den übersinnlichen Fähigkeiten ist das so eine Sache. Die wirken nicht immer. Da verließ ich mich doch lieber auf Siegfrieds Wundermittel. Natürlich habe ich gezögert, ich bin ja kein Unmensch. Außerdem wollte das gut überlegt sein. Ich traute diesem Kommissar nicht. Es war mir zwar nichts nachzuweisen. Es war überhaupt nichts nachzuweisen. Trotzdem blieb der misstrauisch. Das spürte ich genau. Es gab innerhalb kürzester Zeit schon zwei Tote auf meinem Lebensweg. Wenn jetzt noch ein dritter dazukäme, würde sich sein Verdacht wohl kaum verringern. Er hatte mich damals im Krankenhaus besucht, brachte einen originellen Strauß Blumen mit. Roter Fingerhut war auch dabei. Er tippte mit dem Zeigefinger drauf und sagte: »Vorsichtig, der ist giftig.« Ich hatte das Gefühl, dass sich mein unschuldiger Augenaufschlag bei ihm etwas abgenutzt hatte. Andererseits ging es mir damals ja wirklich mies. Erzählte ich schon. Nach triumphierender Mörderin sah ich bestimmt nicht aus. Und vielleicht meinte er es wirklich ehrlich, als er sagte:

»Es tut mir so Leid für Sie. Ich hoffe sehr, dass Sie sich nicht so bald wieder mit dem Tod eines Ihnen nahe stehenden Menschen beschäftigen müssen.«

Der Satz konnte allerdings auch als Warnung verstanden werden. Ich musste wirklich vorsichtig sein. Es war sehr genau zu überlegen, wie ich Guido das Gift verabreichen sollte. Bei welcher Gelegenheit. So etwas Überzeugendes wie Siegfrieds Tod durch Ertrinken müsste es sein. Der Verdacht einer Vergiftung dürfte erst gar nicht aufkommen. Und am besten, ich wäre weit, weit weg, wenn es passierte. Das müssen Sie zugeben, diese Vorbedingungen alle zu erfüllen, war nicht leicht.

Es war dann letztlich ganz einfach. Sandra brachte mich drauf. An dem Tag des Schocks saßen wir bei »Georgio«, und ich versuchte meinen Gram im Rotwein zu ertränken. Dabei konnte mich Sandra als treu sorgende Freundin natürlich nicht allein lassen. Wir waren bei der zweiten Flasche, da sagte sie:

»Der Kerl muss weg.«

Ich nickte. Der Meinung war ich ja auch.

»Aber wie?«

Sandra tunkte den Finger in ihren Wein und malte ein Strichmännchen auf die schwarz lackierte Tischplatte, das baumelte an einem Strick. Dann wischte sie das Kunstwerk wieder weg.

»So funktioniert es leider nicht. Hast du keine Idee?«

Vorsicht, dachte ich mir, keine Komplizenschaft. Ich glaubte zwar, dass ich mich auf Sandra hundertprozentig verlassen konnte. Aber ich wollte keine Mitwisser. Und wusste ich denn, wie sie damit fertig werden würde? Einen Menschen, den man liebt, zieht man nicht in so was mit rein.

»Müsste mal nachdenken.«

»Auf jeden Fall täten wir der Theaterwelt einen großen Gefallen, wenn wir den aus der Welt schaffen würden. Es müsste uns geradezu heilige Verpflichtung sein, das Theater vor dem zu retten. Der Kerl bietet doch allen Geldgebern das beste Argument, sämtliche Theater unseres Landes dicht zu machen. Wie sagte einst der berühmte, von uns innigst verehrte Theatermensch Fritz Kortner: ›Junger Mann, Sie schwänzen einen anderen Beruf.‹«

Trübsinnig ließ sie ihre Nase in das Weinglas hängen, saß da wie eine Wahrsagerin vor ihrer Schusterkugel, murmelte dann:

»Man müsste ein Gift haben, das absolut tödlich ist, schnell wirkt und das man nicht nachweisen kann. Könnte man ja unter sein Insulin mischen. Zuckerschock. Kein Mensch würde irgendwas verdächtig daran finden.« Sie kicherte. »Er setzt sich selbst den goldenen Schuss.« So komisch war's nun wirklich nicht, aber wir brachen in brüllendes Gelächter aus. Ich war jetzt nahe dran, Sandra alles zu erzählen. Hörte sich doch an, als wüsste sie Bescheid. Hatte Siegfried vielleicht etwas von dem Fläschchen erzählt? Aber dann hielt ich doch lieber die Schnauze. Doch ihre Idee fand ich glänzend. Dass ich darauf noch nicht gekommen war.

Guido war Diabetiker, musste sich täglich Insulin spritzen. Und das tat er mit einem Instrument, das einem Füllfederhalter sehr ähnlich sah. Nur dass in der Patrone, die man einlegen musste, keine Tinte war, sondern Insulin. Am Ende war so ein Rädchen, damit konnte man die Einheiten einstellen, die man sich spritzen musste. Rastete hörbar ein, damit Menschen, die schlecht sahen, das auch benutzen konnten. Anstelle der Feder war eine Nadel. Man sticht sich, drückt am Ende auf einen Kolben und verabreicht sich die eingestellte Menge. Ich brauchte also nur in eine Ampulle zwei, lieber drei meiner geheimnisvollen Tröpfchen fallen zu lassen und konnte in Ruhe abwarten, bis die präparierte Patrone an der Reihe war. Blieb nur die Frage, wie ich so nahe an ihn rankommen sollte, dass ich die Prozedur durchführen konnte.

Die Chance ergab sich dann überraschend schnell. Er lud das Team vorm ersten Probentag zu einem Produktionsessen ein. Er kochte gut, er kochte sogar sehr gut. Wenigstens etwas Positives, das man über ihn sagen konnte.

Das Ätzendste an ihm war, dass er sich für unwiderstehlich hielt. Möchte wissen, was an dem hätte unwiderstehlich sein können. Sein weißes, schwabbeliges Fleisch vielleicht? Nee danke. Der Seehundschnäuzer, in dem sich meistens Spuren von Eigelb wieder fanden? Eklig. Sein Schweißgeruch etwa? Da half es auch nichts, dass er wirklich schöne Augen hatte, dunkelblau mit ganz langen Wimpern. Sie sehen, er war das reinste Brechmittel. Na ja, von seinem Charakter ganz zu schweigen. Eitel, anmaßend, brutal, oberflächlich – doof war er nicht. Aber irgendwie borniert. Mit der Meinung stand ich nicht allein da. Wieso der sich am Theater so hartnäckig hielt, war uns allen ein Rätsel. Der Intendant schien einen Narren an ihm gefressen zu haben.

Dieses Essen war die letzte günstige Gelegenheit. Zwei Tage vorher hatte ich einen Anruf bekommen, ob ich in Frankfurt als »Julia« einspringen könnte. Die Kollegin hatte sich den Knöchel gebrochen.

Das Stück hatte dort derselbe Regisseur inszeniert, mit dem ich damals die Rolle erarbeitet hatte. Er hatte auch genau das gleiche Regiekonzept verwendet, weil es doch bei uns so ein großer Erfolg war. Deshalb kam er auf mich.

Das ist auch etwas, das ich nicht verstehe. Dass ein Mensch, nur weil er einmal damit Erfolg gehabt hat, immer die gleiche Masche abzieht. In keinem anderen Beruf haben Sie die Chance, wenn was schief gelaufen ist, noch mal ganz von vorne anzufangen. Nur beim Theater. Und anstatt diese Chance zu nützen, halten sich viele an den alten Erfolgen fest. Find ich todlangweilig. Gut, die Pleite steht am Tag darauf in allen Zeitungen, und wenn die nächste Aufführung auch eine Pleite wird, sieht's für die Karriere nicht rosig aus. Zugegeben. Aber wenn man auf Sicherheit setzt, warum wird man dann nicht Buchhalter? So einer hat in unserem Job nichts zu suchen. Meine ich.

So, nach diesem allgemeinen Statement zu dem Thema ›Wie Michaela Mann das Theater sieht und was sie davon erwartet‹ zurück zu den Ereignissen. Also, da ich die Rolle drauf hatte, sollte ich übernehmen. Tat ich gern, gibt immer zusätzlich Geld. Außerdem war's mal 'ne Abwechslung, jetzt, da das mit dem Fernsehen nicht geklappt hatte. Unser hoffnungsfroher Chaot zeigt sich kooperativ und meinte, er könnte mich für die Umbesetzungsproben vier Tage entbehren. Zu den Vorstellungen würde ich dann jeweils eingeflogen. Klang doch gut. Ich kam mir sehr bedeutend vor.

Deshalb wollte ich mein Vorhaben möglichst noch vorher in die Tat umsetzen. Wäre doch wunderbar, wenn es ihn erwischte und ich war weit, weit weg.

Nun ja, dann kam die Fete, und ich lauerte auf die Gelegenheit. Es sah nicht gut aus. Ich konnte ja nicht einfach aufstehn und fragen: Darf ich mich mal ein bisschen umsehn? Doch zur vorgerückten Stunde meinte er, seine Unwiderstehlichkeit an mir ausprobieren zu müssen. Das hatte er schon mal getan. Aber da gab es noch Siegfried, und dass er gegen den keine Chance hatte, leuchtete selbst seinem beschränkten Geist ein. Doch jetzt gab es keinen Siegfried mehr, also schlabberte und schleimte er mir ins Ohr, und es wurde immer schlabbriger und schleimiger, je besoffener er wurde. Er pries sich in den höchsten Tönen an.

»Ich weiß genau, was du brauchst. Einmal richtig durchgefickt werden, dass dir Hören und Sehen vergeht.«

Dann würde das, was ich bisher in der Schauspielerei nicht zu zeigen gewagt hatte, endlich zum Durchbruch kommen. Und dann stünde meinem jähen Aufstieg in die Region der Superstars nichts mehr im Wege. Ich übertreibe nicht. Glauben Sie mir, ich schwöre. Dieses Zeug gab der von sich. Eine unglaubliche Beleidigung. Was hätten Sie getan? Ihm ins Gesicht gespuckt? Nette Geste. Hätte nur nichts gebracht. Also zögerte ich nicht lange, flüsterte ihm anscheinend lüstern zu »Ich muss mal kurz ins Bad, dann komm ich wieder« und schlich ins Schlafzimmer. Wäre er zufällig reingekommen, hätte ich mich blitzschnell aufs Bett geworfen und ihm sehnsüchtig die Arme entgegengestreckt. Wie ich aus dieser Situation wieder rausgekommen wäre, keine Ahnung. Der Gedanke lässt mich jetzt noch schaudern.

Hab schon ein Mordsglück im Leben, das muss ich

zugeben. Die Schachtel mit den Ampullen lag im Nachtschränkchen. Die untere Reihe war noch komplett. Sechs waren noch drin. Blöd, dass ich nicht erkennen konnte, in welcher Reihenfolge er die Patronen rausnahm. Ich würde links anfangen. Also zog ich den Kunststoffstöpsel von der zweiten von links ab, träufelte meine Tropfen rein, verschloss das Ganze, legte es wieder an seinen Platz und schickte ein kleines Dankgebet an den alten Mann aus Manila. Ja, ja, natürlich hatte ich Handschuhe an. Dann schlich ich mich aus der Wohnung.

Am nächsten Morgen flog ich nach Frankfurt und lauerte auf den bewussten Anruf. Er kam nicht. Und als ich zurückkam, war Guido immer noch sehr lebendig, griff mir im Vorbeigehn an den Hintern und sagte: »Wir zwei haben noch eine Verabredung. Biest, einfach abzuhauen.«

Das sah nicht gut aus. Verdammt noch mal, wieso lebte der noch? Eine Ampulle reichte für zwei Tage. Der musste doch längst die gewisse eingelegt haben. Ich stand unter einer unglaublichen Anspannung. Je näher mein erster Probentag kam, umso kritischer wurde es. Ich würde wahrscheinlich über Nacht eine eitrige Angina bekommen müssen. Aber nach drei Tagen hätte ich ein ärztliches Attest gebraucht. Und ich wollte ja nicht auffallen. Dann musste er am nächsten Wochenende nach Hause, irgendwas Familiäres. Und als ich am Montagmorgen ins Theater kam und der Pförtner ganz aufgeregt aus seinem Häuschen auf mich zuschoss, sah ich seinem Gesicht an, es ist passiert.

Der Kommissar wartete eine Woche später in der Kantine auf mich. Ich hatte ihn schon früher erwartet. Er hatte die Zeitung vor sich liegen, in der der Nachruf auf Guido stand. In den blumigsten Formulierungen wurde auf seine künstlerischen Verdienste hingewiesen, auf seine unverwechselbare Handschrift. Und wie zutiefst traurig es doch sei, dass das Publikum nun nicht mehr in den Genuss seiner Kunst kommen könne.

Ich holte mir eine Tasse Kaffee und setzte mich zu dem Kommissar an den Tisch. Er beachtete mich nicht, strich ein paar Mal langsam und fast zärtlich über den Artikel, als könnte der ihm etwas verraten. Ich wartete. Ohne mich anzusehen und ohne mit dem Glattstreichen der Zeitung aufzuhören, sagte er:

»Ich habe mir sagen lassen, dass Sie die Trauer über den Tod von Guido Sattler nicht unbedingt teilen.«

»So? Sagt man das?«

»Ja. Es soll in der vorigen Produktion einige Differenzen zwischen Ihnen und Ihrem Regisseur gegeben haben.«

Jetzt sah er mich das erste Mal an.

»Ja, das hat es. Aber das gehört in unserem Job dazu.«

»Hm, hm.« Er nickte auf die altbekannte Weise. Dann sah es so aus, als studiere er sorgsam nochmals Zeile für Zeile den Artikel. »Sie hatten ja ohne Zweifel auch allen Grund, auf ihn böse zu sein. Ihre May war eine Katastrophe.«

Also hatte er sich die Premiere angesehen. Das Interesse an meiner Person schien doch sehr groß zu sein. Dass er was vom Theater verstand, erhöhte meine Sympathie für ihn. Denn ich konnte ihm ja nur zustimmen.

»Das weiß ich.«

Schon wieder fing er an, die Zeitung mit seinen Händen zu bearbeiten.

»Und dann sollten Sie gleich wieder mit Herrn Sattler arbeiten. War das nicht schwierig für Sie?«

Der hörte nicht auf mit seiner Marotte. Am liebsten hätte ich seine Hände festgehalten und »Aufhören!« geschrien. Aber das genau wollte er vielleicht provozieren. Also hielt ich mich zurück.

»Schwierig? Vielleicht. Ist ja ein anderes Stück. Hätte aber durchaus sein können. Doch darüber muss ich mir ja nicht mehr den Kopf zerbrechen.«

Jetzt rollte er die Zeitung zusammen und klopfte mit der Rolle einmal kräftig auf den Tisch.

»Richtig. Diese Frage stellt sich Ihnen nicht mehr.« Er stand auf.

»Ich war in Rostock. Wollte Frau Sattler überreden, dass sie ihren Sohn obduzieren lässt. Sie hat sich geweigert, war geradezu empört, wie ich so etwas Schreckliches von ihr verlangen könne. ›Haben Sie kein Herz?‹, hat sie mich angeschrien. Der Hausarzt wollte auch nichts davon hören. Die Todesursache von Herrn Sattler sei doch ohne Zweifel Zuckerschock. Was es denn da zu obduzieren gäbe. Nun ja, wahrscheinlich hätte es sowieso nichts gebracht.«

Er hatte plötzlich so einen resignativen Zug um die Mundwinkel. Schon traurig für ihn. Der Typ hatte ja genau den richtigen Instinkt. Nur half ihm das überhaupt nichts. Er murmelte irgendwas, das sich wie »Auf Wiedersehn« anhörte, und ging. Als er drei Schritte von meinem Tisch weg war, rief ich:

»Herr Kommissar!« Er drehte sich um, dann grinste er. Er hatte begriffen, dass ich seine Rolle übernommen hatte. »Ich habe gekündigt. Ich gehe weg.«

Schon wieder strapazierte er sein Genick, als er zum Tisch zurückkam. Vielleicht hatte ihm sein Orthopäde das Nicken als Gymnastik empfohlen.

»Würde ich an Ihrer Stelle auch tun. Darf man wissen, welches Theater man vor Ihnen warnen muss?«

Ich sah ihn an, ganz weidwundes Reh. Entweder war ich so gut, oder er spielte das Spielchen mit. Er entschuldigte sich sofort.

»Verzeihung. War ein dummer Scherz. Mein Beruf verdirbt den Charakter. Von den guten Sitten wollen wir erst gar nicht reden.«

Jetzt nahm er doch tatsächlich meine Hand und drückte einen zarten Kuss darauf. Wollte der mich beschämen? Versuchte er es jetzt damit? Aber mein Gewissen rührte sich auch diesmal nicht. Ich hatte ja nicht aus Lust gemordet, aus reiner Willkür. Ich hatte nur keine andere Möglichkeit gesehen, mich zu retten. Obwohl mein Entschluss wegzugehen, den ich spontan in dem Moment, als ich es sagte, gefasst hatte, was mit meiner Tat zu tun hatte. Ich war den Tod leid. Ich wollte neu anfangen. Alles hinter mir lassen. Und die Chancen für einen Neuanfang standen gut. Ich hatte das Angebot, ganz nach Frankfurt zu gehen. Außerdem hatte mich gestern Abend eine der renommiertesten Agentinnen unseres Landes angerufen. »Ich möchte Sie gerne unter Vertrag nehmen.« Ich war entschlossen zuzusagen.

Natürlich wurden die »Drei Schwestern« ein Erfolg. Die ›rührende Zartheit‹, die ›verborgene Melancholie‹ und die ›untergründige Selbstverlorenheit‹ meiner Irína wurden gerühmt. Derselbe Kritiker, der mich als May so gnadenlos verrissen hatte, lobte jetzt die Bandbreite meines Könnens. Hier die Göre aus der Gosse, die für ihre Liebe keinen anderen Ausweg weiß, als um sich zu schlagen. Da die ›zarte Blume‹ einer untergehenden Zeit, die an ihrer romantischen Sehnsucht zerbricht. Aha! Ja, wenn er denn meint. ›Das Faszinierendste an Michaela Manns Schauspielkunst ist, dass beide Figuren, so konträr sie sind, eines gemeinsam haben: den unzerstörbaren Lebenswillen.‹ Ich war fast geneigt, ihm den Satz mit dem gesmokten Kinderkleidchen von damals zu verzeihen.

Der Intendant hatte die Regie übernommen, als Guido so überraschend vom Leben zum Tode kam. Ich verstand mich gut mit ihm. Er ließ mich ausprobieren, sagte aber dann ganz bestimmt, was ihm gefiel und woran wir arbeiten sollten.

Wir sind sogar einmal miteinander ins Bett gegangen. Das war in so einer Phase, als ich mich plötzlich sehr allein fühlte. Trotz Sandra. Außerdem hatte die grade zu der Zeit ein paar probenfreie Tage und war zu ihrem Christoph nach Zürich gereist. Ich wollte mich nur mal wieder eine Nacht an einen Rücken kuscheln, nicht allein einschlafen und im Schlaf jemanden neben mir spüren. Natürlich hatte er sich unter dieser Nacht etwas anderes vorgestellt. Ich dachte ja auch, dass das mit Sex enden würde. Aber ich spürte überhaupt nichts, als er anfing, mich zu küssen. Und er hat das sofort gemerkt. Und dann hat er mich einfach in den Arm genommen und mich in den Schlaf gestreichelt. Nachts bin ich wach geworden, weil ich im Traum Rotz und Wasser geheult hab. Da hat er mich festgehalten und mir gut zugeredet.

Wir haben am Morgen danach noch in aller Freundschaft miteinander gefrühstückt, und dann sind wir zusammen ins Theater gefahren. Seit dieser Nacht lieb ich ihn fast ein bisschen. Das hätt ich vorher nicht gedacht, dass der so eine Sensibilität hat. Und seitdem sind wir gute Freunde. Solche Männer gibt's Gott sei Dank auch.

»Ich bedaure, dass du gehst«, sagte er, als ich ihm meinen Entschluss mitteilte. »Aber ich verstehe dich. Ich hoffe, mein Theater bleibt dir nicht nur als der Ort in Erinnerung, an dem du zu oft dem Tod begegnet bist.«

Die Sorge konnte ich ihm nehmen. Nicht zuletzt

durch unsere gemeinsame Arbeit hab ich viele gute Erinnerungen an dieses Haus.

In Frankfurt war dann erst mal alles ganz anders. Die Euphorie meiner Anfangsjahre war ein für alle Mal vorbei. Diese ungetrübte Zuversicht, dass mir die Welt zu Füßen liegen und man mich auf Händen die Treppe zum Ruhm hinauftragen wird, lag auch auf dem Grund des Tegeler Sees. Aber ich hatte meine Lektion gelernt, dachte ich, es würde für mich nur noch die Arbeit geben und nichts sonst. Und so lebte ich die nächsten zwei Jahre auch. Weitere Episoden à la Otto ersparte ich mir ebenso. Allenfalls gab's mal einen One-Night-Stand.

Und dann kam der Moment, dass mich ein Regisseur anschrie: »Gefühl! Ich habe Gefühl gesagt! Weißt du überhaupt, was das ist? Alles, was du mir bietest, ist Technik. Sehr perfekt. Zugegeben. Und Sex. Sehr überzeugend. Aber hast du auch ein Gemüt?«

Da merkte ich es auch. Irgendwas fehlte mir, und zwar entschieden. Doch noch war ich nicht so weit, daraus die Konsequenzen ziehen zu können. Dann kam Sandra zur Premiere, die letzte der laufenden Spielzeit. Die Produktion würde im September erst wieder aufgenommen werden. Anschließend fuhren wir zwei Weiber vierzehn Tage nach Sizilien. Badeurlaub an der Südküste. Traumhaft.

Und da passierte es. Vielleicht ist die lange Zeit meiner Abstinenz das Problem, obwohl es diesmal keine drei, sondern nur zwei Jahre waren. Wahrscheinlich haben sich dann bereits solche gravierenden Mangelschäden entwickelt, dass ich der Illusion der wahren, großen Liebe ohne Gegenwehr erliege.

Mein »Herkules am Scheidewege« war Tauchlehrer in unserem Feriendorf. Ich sah ihn am ersten Morgen, als er den Weg zum Gemeinschaftshaus raufkam, in dem sich die Gäste versammeln sollten, die an einem Tauchlehrgang teilnehmen wollten. Er war sehr groß, hatte diese typische Schwimmerfigur, schmale Hüften, einen breiten, muskulösen Oberkörper, den stämmigen Hals. Darüber ein sehr hübsches Gesicht. Schwarze Haare. Hätte der Bruder von Sandra sein können. Er kam auf mich zu, sah mich und schob sich eine Locke, die ihm in die Stirn fiel, aus dem Gesicht. Dann lächelte er mich an und sagte mit einer Samtstimme, wie sie samtener nicht sein konnte: »Hallo!«

Und da war schon alles zu spät. Nur wusste ich das damals noch nicht. Oder sagen wir mal, ich wollte es nicht wissen. Auch wenn's schon durch alle Ritzen zog, bildete ich mir ein, mein Panzer sei noch undurchdringlich. Ich sagte mir, gegen einen kleinen Flirt ist doch nicht das Geringste einzuwenden, und lächelte zurück. Und da gab es einen winzigen Moment lang dieses ganz besondere Einverständnis zwischen uns beiden, dieses einmalige, das es nur in einer bestimmten Situation gibt. Zehn Minuten später hielt ich das Ganze schon wieder für ein Hirngespinst. Als er den versammelten zukünftigen ›Tiefseetauchern‹ ein paar Grundregeln erklärte, sah er mich nicht ein einziges Mal an. Dafür bedachte er mit ›meiner‹ Stimme eine siebzigjährige Lady, um ihr seine Hochachtung auszusprechen, weil sie wild entschlossen war, an dem Kurs teilzunehmen. Die Versammlung löste sich auf ohne ein Zeichen von ihm, dass ich ihn vielleicht interessieren könnte.

Am Nachmittag traf ich ihn wieder. Ich war auf dem Weg zum Strand. Sandra hielt Mittagsschlaf. Im Urlaub kann ich das nicht. Ich habe dann immer das Gefühl, ich verpass was. Er kam mir entgegen, kickte so eine stachlige Frucht vor sich her. Tat das sehr konzentriert. Mit dem nächsten Schuss landete dieser komische Ball direkt vor meiner Fußspitze. Mit einer, wie ich fand, sehr eleganten Drehung meines Fußes schob ich ihm mit dem Spann sein Spielzeug wieder zu. Er starrte es an, als hätte er das Ding noch nie gesehen. Dann hob er den Kopf und sah mich an. Er sah mich lange an. Das machte mich verlegen. Unwillkürlich zog ich den Bauch ein, weil ich mich erinnerte, dass ich in dem Urlaub eigentlich fünf Pfund abnehmen wollte. Zu blöd, dass ich den Bikini anhatte. In meinem schwarzen Badeanzug wär das nicht so aufgefallen. Keine Ahnung, wie lange wir da so gestanden haben. Seine Augen waren grau ohne irgendwelche Sprenkel drin. Dann lächelte er so wie heute Morgen, und wieder gab es diesen kurzen Moment des ›Erkennens‹, wie es der Dichter nennen würde. Er kickte den stachligen Ball ein paar

Meter weiter und sagte, als er an mir vorbeiging: »Hallo.«

Ich war vollkommen durcheinander. Das machte mich wütend. Ließ mich von so einem Schönling, einem unreifen Knaben, viel älter als zwanzig konnte der doch nicht sein, aus der Fassung bringen. Schluss damit. Ich stürzte mich ins Wasser und schwamm weit raus. So weit, dass ich unter mir keinen Grund mehr erkennen konnte. Ich legte mich auf den Rücken, machte die Augen zu und ließ mich treiben. In diesem Moment war ich mit mir und dem Universum restlos einverstanden. Eine ärgerliche Stimme störte meinen Seelenfrieden. In einem Motorboot näherte sich wild gestikulierend ein Mensch in weißer Hose und einem Hawaiihemd. Er schrie irgendwas, winkte. Jetzt verstand ich: »Gefährlich! Verboten!«

Also drehte ich brav um und schwamm zurück. Ich hörte, wie das Boot hinter mir her tuckerte und erst abdrehte, als ich nur noch ein paar Meter vom Strand entfernt war. Dort erwartete mich eine völlig aufgelöste Sandra. Sie hatte die Rettungsaktion gestartet. Manchmal ist es doch schön, wenn es noch jemanden gibt, der sich Sorgen um einen macht.

Am Nachmittag fuhren wir mit dem Bus in die Stadt. Aber irgendwie war ich nicht ganz bei der Sache. Ich lief neben ihr her und versuchte, nicht an morgen früh zu denken. Um zehn fand der erste Tauchlehrgang statt. Ich war nervös. Und deshalb gereizt.

Sandra sah mich von der Seite an: »Probleme?« Ich

schüttelte den Kopf. »Du solltest mal wieder was für deinen Hormonhaushalt tun. Nonne ist nicht dein Fach.«

Vielleicht hatte sie ja Recht, vielleicht war es nur das. Warum sollte ich es mir deshalb nicht leisten, ein bisschen nervös zu sein. Hatte ich lange nicht mehr gespürt, dieses merkwürdige Kribbeln in der Magengegend und ein Stückchen tiefer. Um für alle Fälle gewappnet zu sein, kaufte ich mir ein knallrotes Kleid mit eng anliegendem Oberteil über einem weit schwingenden Rock. Von vorne sah es sehr brav aus, hochgeschlossen bis zum Hals. Aber es hatte ein Rückendekolleté, das fast bis zur Pofalte ging. Sandra grinste, als ich aus der Umkleidekabine kam und es ihr vorführte.

»Du hast es ja gut vor.«

Ich sagte ihr nicht, dass ich an jemand ganz Bestimmten bei dem Kauf gedacht hatte.

Mitten in der Nacht wurde ich wach. Erst dachte ich, die Hitze hätte mich geweckt. Ich war schweißnass. Dann spürte ich, dass mich jemand beobachtete. An der Terrassentür, die ich offen gelassen hatte, weil ich vom Bett aus das Meer sehen wollte, zeichnete sich eine schwarze Gestalt gegen das Mondlicht ab. Das Gesicht war völlig im Dunkeln. Erschreckt fuhr ich in die Höhe, da hörte ich nur ein allzu bekanntes »Hallo«. Ich sah, dass er den Finger auf den Mund legte und den Kopf schüttelte. Also legte ich mich wieder hin. Erst jetzt wurde mir bewusst, dass ich völlig nackt war. Ich machte die Augen zu. Seine Blicke waren wie ein Streicheln auf meiner Haut.

Irgendwann muss er gegangen sein. Ich habe traumschwer geschlafen. Als ich aufwachte, ging die Sonne grade auf. Es ging mir unglaublich gut. Ich rannte zum Strand runter, schwamm eine halbe Stunde, duschte beinahe genauso lange. Deckte den Frühstückstisch und lief rüber, um Sandra zu wecken.

Die Ferienanlage bestand aus Bungalows unterschiedlicher Größe. Die waren wie eine halbe Camembertschachtel gebaut. Auf der Breitseite waren die oder das Zimmer, davor die Terrasse zum Meer. In dem Halbrund dahinter eine kleine Küche, das Bad und der Flur mit Einbauschränken. Alles sehr praktisch, sehr hell und freundlich. Da hatte sich einer mal was bei gedacht. Und jeder Bungalow hatte einen kleinen Garten mit einer halbrunden Mauer drumrum. Die Mauer schloss sozusagen den Kreis.

Ich ging, als wir hier ankamen, selbstverständlich davon aus, dass wir beide in einem dieser Häuschen mit zwei Zimmern wohnen würden. Sandra hatte das Ganze arrangiert. Als ich sah, dass es für jede von uns ein eigenes gab, fand ich das erst mal übertrieben. Die Mehrkosten hätten wir sparen können, moserte ich.

»Deine Unabhängigkeit sollte dir die paar Kröten mehr wert sein. Vielleicht bist du mir eines Tages dankbar für meine weise Entscheidung.«

Ich war es schon.

Können Sie sich vorstellen, mit welchen Gefühlen ich zu diesem Tauchkursus ging? Wattebeine und Gummiknie. Aber genau wie am Tag vorher wurde ich durch keinerlei Besonderheiten ausgezeichnet. Ich war eine Kursteilnehmerin wie alle anderen auch. Sonst gar nichts. Und nachdem ich mich erst mal drüber geärgert hatte, fand ich es plötzlich äußerst klug von ihm. Wie hatte seinerzeit Siegfrieds Regisseur in Manila gebrüllt: »Das Haus bleibt sauber.« Warum also nicht wenigstens den Anschein aufrechterhalten.

Dass ich an dem Abend nicht einschlafen konnte, werden Sie begreifen. Ich lag im Bett und wartete. Er kam nicht. Ich war glühend heiß, wusste nicht, wie ich mich legen sollte, warf mich im Bett hin und her. Dann stand ich auf, stellte mich unter die Dusche, ließ das Wasser eiskalt über mich laufen. Das kühlte mich zumindest so weit ab, dass ich mich wieder ins Bett legen konnte. Vorher hatte ich entschlossen die Terrassentür zugemacht. Doch ich machte sie wieder auf. Nur weil ich unter irgendwelchen Einbildungen litt, musste ich ja in der Hitze nicht ersticken.

Ich hatte nichts gehört, keinen Laut. Trotzdem wusste ich, noch ehe ich die Augen aufmachte, dass er da war. Er stand neben meinem Bett und betrachtete mich. Wieder legte er den Finger auf den Mund. Seine Blicke tasteten meinen Körper ab, dann hob er die Hand und zeichnete die Linien nach, ohne mich zu berühren. Aber dieser Raum zwischen Hand und

Haut erregte mich auf eine Weise, die kaum auszuhalten war. Er ließ sich Zeit, berührte mich nicht ein einziges Mal. Dann nahm er das Leintuch, deckte mich zu und ging. Ich schlief wie ein satter Säugling.

Diesmal hatte Sandra schon das Frühstück gerichtet. Sie sah mich an. Sie kannte mich gut. Man musste es mir ansehen. »Immer wenn du Lust auf einen Mann bekommst, guckst du wie ein Maikäfer«, hatte sie mal zu mir gesagt. Aber ich wollte nichts erzählen. Also ließ sie mich in Ruhe. Das ist eben Freundschaft.

Die Michaela, die eifrig übte, wie man richtig atmet, wie man das Mundstück einer Sauerstoffflasche ansetzt, die versuchte, sich jedes Wort einzuprägen, das unser Lehrer von sich gab, war eine mechanische, aber gut funktionierende Puppe. Ich war geteilt. Einerseits interessierte mich das Tauchen wirklich, andererseits lief ich rum wie so 'ne Somnambule. Wie eine Süchtige, die auf den nächsten Schuss wartet. Ich konnte nicht lesen. Ich verstand die Worte nicht. Ein Gespräch können Sandra und ich in der Zeit kaum geführt haben. Ich war ja überhaupt nicht anwesend. Mich beschäftigte nur eine Frage: Wie ging das Spiel weiter, das er mit mir trieb. Ging es diese Nacht schon weiter? Ich hatte mich entschlossen, mich völlig darauf einzulassen.

Trotzdem blieb ich am nächsten Abend nach dem Essen noch lange mit Sandra am Tisch sitzen. Die Terrasse, auf der serviert wurde, lag auf einem Felsenvorsprung direkt überm Meer. Der Mond war noch nicht zu sehen, umso schöner leuchteten dafür die Sterne. Romantischer kann man sich einen Ort kaum vorstellen. Ich bestellte noch eine Flasche Wein, wollte den Moment hinauszögern, sowohl den der Erfüllung als auch eventuell den der Enttäuschung. Ich kannte ja die Spielregeln nicht. Die gab er vor. Wusste ich, ob er mich nicht in den Wahnsinn treiben wollte, mich reizen, bis ich es kaum noch aushielt, und sich dann zurückziehen? Konnte alles sein. Ich wusste ja nicht, was auf mich zukam.

Als ich so gegen Mitternacht leicht angeheitert zum Bungalow kam, Sandra hatte ich schon abgeliefert, stand er ganz ruhig an eine Säule gelehnt und sah mir entgegen.

»Hallo«, sagte er. Wie immer. Mehr nicht. Ich ging wortlos an ihm vorbei, öffnete die Tür. Mitten im Zimmer blieb ich stehen. Seine Hand auf meiner Schulter drehte mich zu ihm um. Ich wollte was sagen, doch er schüttelte wieder den Kopf und legte seine Hand auf meinen Mund. Die Handinnenfläche war trocken, fest und warm. Ein Geruch, den ich nie mehr vergessen werde. Als ich versuchte, sie mit meiner Zunge zu schmecken, nahm er sie fort. Mit den Fingerspitzen fuhr er meine Wangenknochen entlang, erkundete das ganze Gesicht, dann den Hals und Stück für Stück meinen ganzen Körper. Das Kleid hatte er mir ausgezogen. Der Slip war ein heller Fleck auf dem Boden. Ich wollte sein Haar streicheln, das so weich aussah. Aber sobald ich ihn berührte, wich er zurück. Ich begriff. Noch durfte ich ihn nicht anfassen. Noch lange, nachdem er schon gegangen war, stand ich da, mitten im Raum mit hängenden Armen.

Er kam jede Nacht. Näherte sich mir von Mal zu Mal ein Stückchen mehr. Auf die Fingerspitzen folgten die Lippen. Dann die Zunge. Es war nicht auszuhalten. Denn noch immer durfte ich ihn nicht anfassen. Und immer noch sagte er kein Wort. Ich wollte flehen, betteln, schreien, wenn er mich mit seiner unsäglichen Behutsamkeit zur Ekstase brachte. Aber ich hatte verstanden: Ein Wort, und der Zauber wäre vorbei.

Die beiden Menschen, die sich am Tag begegneten, hatten mit denen in der Nacht nichts zu tun. Am Tag konnten wir ganz normal miteinander reden, durfte ich ihn an der Hand nehmen, als ich das erste Mal mit Flasche tauchte. Ich hatte sogar Augen für diese unglaubliche neue Schönheit unter Wasser, die ich kennen lernte. Ich war also dem anderen Leben nicht ganz verloren.

Als es dann endlich so weit war, als ich endlich sein Haar streicheln, seine Haut schmecken, seinen ganzen Körper erkunden durfte, mit Händen, Lippen, Zunge und endlich ... Oh, Verzeihung, ich will Sie nicht schon wieder in Verlegenheit bringen. Ich sag es nicht, das Wort. Ihnen zuliebe drücke ich es dezent aus. Es stört Sie doch nicht grundsätzlich, dass ich alles so genau erzähle. Es ist wichtig. Ich muss das tun, damit Sie wissen, wie's wirklich war, begreifen, warum ich ihm verfallen musste. Es war eine geniale Inszenierung, hatte genau den richtigen Spannungsbogen. Ich kenn mich aus in dem Job, bin ja schließlich vom Fach ... Also, als ich ihn endlich in mir spürte, da wusste ich, das ist der Abschied. Beim Frühstück blieb der Tisch, an dem er immer gesessen hatte, leer. Unser Tauchkursus war beendet. Er war schon am frühen Morgen abgereist. Ich wusste nur seinen Namen, nicht woher er gekommen, nicht wohin er gefahren war. Wir hatten auch in der letzten Nacht nicht miteinander gesprochen.

Während der drei Tage, die Sandra und ich noch bleiben durften, hab ich in trägem Wohlbehagen vor mich hin gedöst. Zwischen Tag und Traum spürte ich ihn, wie er mich liebte, fühlte seine Haut, das weiche Haar, den muskulösen Rücken, den runden Hintern. Und dachte, wie wunderbar. Eine in sich abgeschlossene Episode. Ohne Reue. Ohne Angst. Ohne Alltag. Und manchmal war ich mir nicht sicher, ob ich alles nicht nur geträumt hatte.

Wir fuhren zurück. Auf mich wartete viel Arbeit. Doch mich irritierte, dass in mir so eine Unruhe war. Manchmal konnte ich die vergessen, aber plötzlich war da irgendwas, ein Geruch oder eine Stimme, die seiner ähnlich war, und ich krepierte fast vor Sehnsucht. Und die verschwand auch nicht, wurde eher stärker. Da die Arbeit nicht half, wollte ich's mal wieder mit den kurzen sexuellen Abenteuern versuchen. Sinnlos. Es ging nicht. Sobald sich eine Hand in eindeutiger Absicht näherte, ein Blick mir sagte: ›Ich hab Lust auf dich‹ oder mich jemand küssen wollte, ging ich auf Tauchstation. Das konnte ja heiter werden.

Dann saß ich eines Abends da und wollte ihm einen Brief schreiben. An die Adresse von dem Feriendorf. Vielleicht würden die ihm den ja nachschicken. Oder wenigstens bis zum Frühjahr aufheben. Denn als er die Bescheinigungen über unsere Teilnahme an dem Tauchkurs austeilte, hatte er gesagt, dass er Ostern wieder da sein würde. Doch als ich zwei Stunden lang vergeblich versucht hatte, den ersten Satz zu formulieren – wie redet man jemanden an, mit dem man in den intimsten Situationen nicht ein einziges Wort gesprochen hatte? –, packte mich die Wut. Was sollte das ganze Theater? Wieso glaubte ich, eine Fortsetzung dieser Episode würde was bringen? Das war doch gerade das Besondere daran gewesen. Wir wussten nichts voneinander, hatten nie miteinander gesprochen, zumindest in den Nächten nicht. Es gab keine Verpflichtungen und deshalb auch keine Enttäuschung. Dieser kluge Mensch hatte die ideale Urlaubsbegegnung inszeniert, und ich brüllte völlig dämlich »Mehr! Mehr!«, wie der kleine Häwelmann. Dabei konnte es davon kein ›Mehr‹ geben. Von so was gibt's kein ›Mehr‹. Denn wenn, dann wäre damit auch schon alles kaputt. Also zieh endlich einen Schlussstrich drunter, Michaela, kleb's ins Poesiealbum deiner Erinnerungen, und das war's. Aber so einfach ging das nicht, obwohl ich mir wirklich alle Mühe gab.

Wo sind wir jetzt? Was, schon Würzburg. O Gott, nur noch eine Stunde. Bei der nächsten Station muss ich schon aussteigen. Vor lauter Beichten hab ich nicht mehr dran gedacht. Jetzt klopft mir das Herz bis zum Hals, als wär's das erste Mal. Es ist ja auch das erste Mal. Wovon ich rede? Das erkläre ich Ihnen schon noch. Später. Darum geht es ja letztendlich. Deshalb erzähle ich Ihnen das Ganze überhaupt. Aber noch ist es nicht so weit. Erst kommen wir zu Michaela Mann als Shootingstar.

Sizilien lag ein halbes Jahr hinter mir. Sandra war zu ihrem Christoph geflogen, der irgendwo in Kasachstan als Regisseur seinen ersten Dokumentarfilm drehte. Ich spielte in Frankfurt weiterhin Theater. Hatte im Fernsehen mal die eine oder andere kleine Rolle, konnte ganz gut damit und davon leben. Wartete aber immer noch auf den großen Durchbruch. Die viel versprechende Agentin hatte ich gegen eine noch viel versprechendere ausgetauscht. Doch das hatte bis jetzt auch noch nichts Entscheidendes gebracht.

Und dann ging es Schlag auf Schlag. Ein Angebot für eine Rolle in einer Vorabend-Fernsehserie, eine Journalistin, die geschieden mit Kind und Hund auf ihrem Weg in die Selbständigkeit einige Turbulenzen durchzustehen hat. Eigentlich fand ich mich noch zu jung für die Rolle, aber der Regisseur war der Meinung, ich sei genau richtig. Offensichtlich hatte ich in den letzten zweieinhalb Jahren irgendwo auf der Strecke von Berlin nach Frankfurt die Jugendlich-Naive verloren. So schnell wollte ich eigentlich nicht ins Mutterfach wechseln. Na egal, die Rolle war Klasse, da konnte man nur zusagen. Zwischendrin gab ich das Mordopfer in einem »Tatort«, ein Callgirl und eine Fee in einem Märchenfilm. Sie sehen, ein spannendes Kontrastprogramm.

Und dann kam der Clou, sozusagen das Sahnehäubchen auf der Torte, die Hauptrolle in einem richtigen Kinofilm. Ich spielte eine junge Frau, die in Heimen groß geworden ist, aus dem letzten abhaut und durch die Welt trampt. Sie klaut wie ein Rabe, lässt sich aushalten, schläft mit jedem, auf den sie Lust hat oder der ihr finanziell einen Vorteil verschafft, hat keinerlei Skrupel und landet schließlich in einer winzigen Hütte auf einer Klippe an der Küste von Island. Dort lebt sie völlig frei und ungebunden. Der Film endet mit einer Einstellung, in der sie sich gegen den Sturm stemmt, am Ufer stehen bleibt, die Arme weit ausbreitet und dem Meer das Gefühl ihrer Freiheit entgegenschreit. Klingt alles ein bisschen platt, wenn ich das so erzähle. Aber es war ein sehr poetischer Film.

Und die Musik zu dem Film komponierte dieser Musiker, na der, der damals bei Siegfrieds »Hamlet«-Premiere so nette Worte für meine »Julia« hatte. Jan hieß er. Er gefiel mir, er gefiel mir sogar so gut, dass ich mein sizilianisches Abenteuer vergaß. Glaubte ich zumindest.

Er kam mit, als wir die Außenaufnahmen in Island drehten. Er wollte vor Ort arbeiten, sagte, er brauche die Landschaft, die Sprache, die Gerüche, das Meer für seine Inspirationen. Das Meer, das dort ganz anders klang als in Sizilien – das hörte sogar ich. Wenn ich Zeit hatte, gingen wir spazieren. Er erzählte mir von seiner Arbeit. Durch ihn lernte ich anders hinzuhören. Und da blieb es nicht aus, dass wir miteinander ins Bett gingen. Es war sehr schön. Er war ein einfühlsamer, sensibler Liebhaber. Dazu kam die Atmosphäre. Draußen tobte ein Sturm, dass das Haus wackelte. Regenmassen, wie ich sie noch nie erlebt hatte, schlugen gegen die Fenster. Und im offenen Kamin knisterte ein Holzfeuer. Sie haben es sicher schon gemerkt. Ich bin eine mit Stimmungen. Und das war genau die Stimmung für mich. Sehr sexfördernd. Es gab nur ein Problem. Ich stellte in der Nacht fest, dass ich ihn nicht gerne anfasste. Seine Haut war mir nicht streichelfreundlich. Sie fühlte sich fest und glatt an. Und trotzdem war da irgendwas, das mich störte. Ich kann nicht sagen, was es war. Es war an ihm überhaupt nichts auszusetzen. Er war gut gebaut. Nicht so athletisch wie der ›Sizilianer‹, nicht so zartknochig wie Siegfried. Ich hab keine speziellen Vorlieben. Gut, wenn Sie mich nach meinem Idealtyp fragen, würde ich, ohne nachzudenken, sagen: groß, blond und blauäugig. Aber von allen Männern, die ich geliebt habe, war keiner groß, blond und blauäugig. Der Hamburger hatte rötlich blondes Haar, war ziemlich stämmig und grade mal so groß wie ich. Siegfried war ein sehr zierlicher Typ, hatte grüne Augen und braune Haare. Der Sizilianer war zwar sehr groß, aber seine Augen waren grau und die Haare schwarz. Also, dass Jan die Charakteristika des Idealtypus nicht erfüllte, daran konnte es nicht liegen. Doch ich sagte mir, eigentlich ist das auch gar nicht so wichtig. Eigentlich sollte ich froh und dankbar sein, dass er mich offensichtlich sehr gerne anfasste. Dass er wusste, wie er mit meinem Körper umgehen musste. Und das wusste er wirklich.

Er war ungeheuer lieb. Ich bin in meinem Leben noch nie so umsorgt, so verwöhnt worden. Sich vorzustellen, mit ihm eine Familie zu gründen – der Gedanke spukte ja auch immer noch in meinem Kopf herum –, hatte nichts mit den spielerischen Versuchen zwischen Siegfried und mir zu tun. In unserer Geschichte war, wie ich heute weiß, das Thema Kind nur ein Kokettieren mit einer Möglichkeit gewesen. Ich kann von Glück sagen, dass es damals nicht geklappt hat. Bei Jan stand die Idee auf einem viel solideren Fundament. So altmodische Begriffe wie Verantwortungsgefühl, Fürsorge, Schutz, Behüten fielen mir ein, wenn ich ihn ansah.

Und deshalb sagte ich auch aus voller Überzeugung ja, als er mich bei dem Empfang nach der Uraufführung unseres Films fragte, ob ich ihn heiraten wolle. Wir legten gleich den Hochzeitstermin fest. Am 25. Mai, also in drei Monaten, sollte es sein.

Der Film wurde nicht der ganz große Erfolg, den sich der Regisseur und der Produzent erhofft hatten. Aber für mich war er der Start in ein völlig anderes Leben. Ich konnte mir jetzt die Angebote aussuchen. Ich konnte wählerisch sein. Ich wählte die Titelrolle in dem Musical »Kiss me Kate«. Endlich durfte ich auf der Bühne mal singen und tanzen. Das hatte ich mir schon lange gewünscht. Und nach einem Jahr Abstinenz endlich mal wieder Theater zu spielen lockte mich sehr. Es war ein Gastvertrag. Auf mehr wollte und konnte ich mich nicht einlassen, wenn ich die Filmerei weiter betreiben wollte. Und das stand ja außer Frage. Doch es wäre sicher nicht schlecht, wenn ich mich nicht sofort und auf der Stelle da wieder einspannen ließ. Ich wollte den Abnutzungseffekt vermeiden. Und die Freude, die ich an der Theaterarbeit hatte, gab mir Recht.

Ja, und dann komm ich eines Abends von der Probe, ich war mit Jan in einer Kneipe zum Essen verabredet, und da steht beim Pförtner ein Mann, sehr groß, athletischer Körperbau, schwarze Haare, und will einen Brief abgeben. Er dreht sich um, sieht mich und sagt: »Hallo.« Sechs Wochen später waren wir verheiratet.

Die Hochzeit fand in einer kleinen sizilianischen Kirche statt, in dem Ort, in dem ich damals das rote Kleid gekauft hatte. Und das trug ich auch als Braut. Er hatte es sich so gewünscht, wie er auch alles andere entschieden hatte. Wir sollten dort heiraten, wo wir uns kennen gelernt hatten. Ich wusste gar nicht, dass das so einfach ging. Keine Probleme. Natürlich kam der Vorschlag meiner romantischen Ader sehr entgegen. Nicht nur ein sachlicher bürokratischer Akt, sondern eine richtige Trauung in einer Kirche. Zum ersten Mal war ich froh, dass ich es immer noch nicht geschafft hatte, aus der katholischen Kirche auszutreten. Stefan war auch katholisch. Ich sagte vom Glück völlig umnebelt zu allem »Ja« und »Amen«.

»Amen« war auch das Einzige, was ich von der ganzen Liturgie verstand. »Ja« brauchte man mir nicht zu übersetzen. Mein »Sì« sagte ich ordnungsgemäß auf die auffordernden Blicke des Geistlichen hin. Stefan gab mir zusätzlich durch einen kleinen Stups mit dem Ellenbogen das Zeichen für meinen Einsatz. Am Ende der feierlichen Handlung, als der Pfarrer uns gratuliert und die Heiratsurkunde überreicht hatte, drückte er auf dem Weg in die Sakristei auf einen Knopf, und scheppernd kam vom Tonband: »Treulich geführt …« Mein Mann – ich sagte es die ganze Zeit, seitdem er mir den Ring an den Finger gesteckt hatte, leise vor mich hin –, mein Mann nahm mich um die Taille, und wir walzten zu Mendelssohn den Mittelgang hinunter zum Portal hinaus. Draußen standen seine Freunde aus dem Feriendorf, johlten, schmissen mit Reis. Dass Sandra und Christoph auch da waren, freute mich am meisten.

Das Hochzeitsessen fand auf der Felsenklippe statt,

die Hochzeitsnacht in ›meinem‹ Bungalow. Und diesmal bekam ich das ganze Repertoire von damals komprimiert in einer Nacht geboten. Ich war so glücklich, dass ich Angst hatte zu atmen.

Am nächsten Morgen musste ich in aller Herrgottsfrühe los. Der Flug von Catania ging um sechs. Um vierzehn Uhr saß ich schon in München in der Maske und ließ mich schminken. Mein neuer Film. Stefan blieb in Sizilien. Ein neuer Tauchkursus fing an.

Unser gemeinsames Eheleben begann also erst zwei Monate später, auch wenn ›gemeinsam‹ eine starke Übertreibung ist. Ich hatte in Hamburg eine Wohnung gekauft, weil er gesagt hatte, dass diese Stadt ihm am besten gefalle. Eine schöne Wohnung, in Övelgönne. Beim Frühstück konnten wir Schiffe zählen. Glücklicherweise war ich mittlerweile in der Lage, mir so etwas leisten zu können.

Ich war nur für ein Wochenende nach Hamburg gekommen, um Stefan dort zu erwarten, als er nach Beendigung seines Jobs nach Deutschland kam. Wir weihten unsere Wohnung mit einem besonderen Fest ein. Wir schliefen in jedem Zimmer miteinander. Im Schlafzimmer fingen wir mit dem Bett an. Dann zogen wir um auf den Küchenboden. Er hatte den Tisch vorgeschlagen. Aber da hatte ich Hemmungen. Was Sie, der Sie meine Geschichte kennen, verstehen werden. Die Badewanne brachte mich auch in Schwierigkeiten. Ich sagte mir aber, dass ich denen nicht mein ganzes Leben lang ausweichen könne und sie irgendwann überwinden müsse. Und es war dann auch ein besonders schönes Erlebnis. Im Wohnzimmer gab es eine sehr bequeme neue Couch, in seinem Arbeitszimmer eine Corbusier-Liege und in meinem ein Futon. Nach der Nacht im Gästezimmer beschlossen wir, die Feldbetten doch lieber durch ein richtiges Bett mit Taschenfederkernmatratze zu ersetzen. Die Feldbetten sahen zwar sehr originell aus, aber schließlich wollten wir ein gastfreundliches Haus werden.

Am Montag musste ich wieder nach München. Die zweite Staffel der Vorabendserie begann. Die Journalistin mit Kind spielte ich jetzt mit gänzlich anderen Gefühlen.

Jeden Abend rief ich sehnsuchtsschwanger in Hamburg an, lernte das Besondere von Telefonsex kennen und wartete sehnsüchtig auf das Ende der Dreharbeiten, um ihn endlich wieder riechen, schmecken, fühlen zu können, ihn ganz und gar leibhaftig im Arm zu haben.

Als es dann endlich so weit war, sah ich mich am Flughafen vergeblich nach meinem Mann um. Ich wartete eine geschlagene Stunde. Dachte mir, der steckt im Stau. Der kommt schon noch. Er kam nicht. Ich rief mehrmals bei uns zu Hause an. Nur der Anrufbeantworter war eingeschaltet. Dem hatte ich auch zwei Tage vorher meine Ankunftszeit anvertraut. Drei Tage lang hatte ich vergeblich versucht, Stefan persönlich zu erreichen. Immer schaltete sich die Maschine ein. Wo konnte er stecken? Mein Gott, es wird doch nichts passiert sein? Es muss etwas passiert sein, sonst wäre er da. Wenn er aus irgendwelchen Gründen nicht kommen konnte, hätte er mich doch informiert. Erst jetzt ging mir auf, dass ich nicht die geringste Ahnung hatte, was er tat, wenn er nicht als Tauchlehrer beschäftigt war. Das war ein Saisonjob im Sommer. Was machte er, wenn er nicht in Sizilien war? Womit verdiente er dann sein Geld? Schütteln Sie ruhig den Kopf. Ich sehe ja ein, dass es schwierig ist zu verstehen, dass ein Mensch einen anderen heiratet, ohne so etwas zu wissen. Aber es hatte mich bis zu diesem Tag nicht interessiert.

Als ich im Taxi saß, schnürte mir die Angst die Kehle zu. Ich sah mich die Tür unserer Wohnung aufschließen – und da lag er. ›Entseelt‹, gemeuchelt, erwürgt, von Messern durchbohrt. Vom plötzlichen Herztod dahingerafft. Jetzt bekam ich die Quittung für meine Morde. Es ereilte das Liebste, was ich hatte.

Ich bat den Taxifahrer, mit in die Wohnung zu kommen. Ich glaubte, es nicht allein durchstehen zu können. Mir zitterten die Hände, als ich die Tür aufschloss. Drinnen wartete keine Leiche auf mich, auch kein lebendiger Stefan. Trotzdem war die Überraschung gelungen.

Der Taxifahrer stellte meinen Koffer ab, sah sich im Wohnzimmer um. »Muss ja 'ne tolle Fete gewesen sein.«

So sah ich das auch. Überall Flaschen, halb volle

und leere. Mehr leere. Überquellende Aschenbecher, leere Aluschalen mit Essensresten. Zusammengeknüllte Pizzaschachteln. Die Aufschrift »Appetit? Kein Problem. Wir sind rund um die Uhr für Sie da« begrüßte mich gleich mehrfach. In der Küche stapelte sich das Geschirr bis unter die Decke. Ich wusste gar nicht, dass wir so viel hatten. Wie es aussah, hatte Stefan die letzten Monate sehr viel Wasser gespart. Ich gab dem Fahrer sein Geld, rundete um zwanzig Mark auf, was viel zuviel war. Es war Schweigegeld. Ich schämte mich. Als er ging, stieß er in der Tür mit einem Riesenrosenstrauß zusammen. Hinter dem Rosenstrauß kam Stefan.

»Ach, mein armes Lieb. Es tut mir ja so Leid. Warum hast du denn nicht auf mich gewartet? Ich hab zum Flughafen sonst immer nur eine halbe Stunde gebraucht. Aber diesmal war kein Durchkommen. Irgend so ein Idiot hat einen Auffahrunfall produziert, und da standen wir. Es war zum Verrücktwerden. Doch jetzt bist du da. Lass dich in die Arme nehmen, mein süßes Weib. Ich hab dich ja so vermisst.«

Der Rosenstrauß flog auf die Erde, er mir an den Hals. Zum Kuss kam's nicht mehr. Er erstarrte auf halbem Weg.

»Wie sieht's denn hier aus? Das gibt's doch nicht. Die hat mir hoch und heilig versprochen, dass sie heute Morgen kommt und aufräumt. Na, die wird was zu hören kriegen. Wir hatten gestern Abend eine kleine Feier.«

Wie Ihnen sicher schon aufgefallen ist, hatte ich

mir diesmal keinen Schweiger ausgesucht, auch wenn es am Anfang ganz danach ausgesehen hatte.

»Na, willst du mir nicht gratulieren?«

Er stand vor mir mit weit ausgebreiteten Armen, strahlte mich an. Ich verstand überhaupt nichts mehr. Ich wollte auch nichts verstehen. Ich war sauer.

»Wüsste nicht, wozu ich dir gratulieren sollte. Zu der Sauerei hier?«

»Das tut mir wirklich Leid. Glaub mir. Soll nicht wieder vorkommen. Ist schief gelaufen. Eigentlich wollte ich meinen Geburtstag gar nicht feiern. Aber dann brach gestern Abend die Meute über mich herein.«

Ich hörte erstens nur: Meute. Wo kam die her? Stefan wohnte doch erst seit drei Monaten in Hamburg. Kannte, soviel ich wusste, hier auch niemanden vorher. Der Geburtstag kam als zweites und demnach verspätet bei mir an. Dann aber umso massiver. Mein Gott, ich hatte tatsächlich keine Ahnung, dass er gestern Geburtstag hatte. Gut, auf der Heiratsurkunde standen die Daten. Aber die hatte ich mir nie gründlich angesehen. Alle Säuernis, alle Vorwürfe sackten in sich zusammen wie ein Soufflé, das man zu früh aus dem Ofen geholt hat. Jetzt war es an mir, tief zerknirscht um Verzeihung zu bitten, die mir auch großmütig gewährt wurde. Als ich aus der Umarmung wieder auftauchte, machte ich erst mal die Tür hinter dem Taxifahrer zu. Der hatte bis zu diesem Moment immer noch dagestanden, grinsend bis über beide Ohren. Offensichtlich gefiel ihm die Szene.

Wir bauten sie dann weiter aus. Danach war uns erst recht nicht nach Aufräumen zu Mute. Dafür hatten wir umso mehr Lust, irgendwohin zu gehen und zu zweit seinen Geburtstag nachzufeiern. Er wollte ein bisschen spazierenfahren und schlug ein Lokal im Alten Land vor. Irgendwo läuteten bei mir ganz leise die Glöckchen der Erinnerung. Ich wollte lieber in das Restaurant gleich um die Ecke.

»Warum sollen wir noch mit dem Auto fahren? Dann stellt sich wieder die Frage, wer bleibt nüchtern.«

»Ich bin dran. Hab gestern sowieso zu viel getrunken. Ich hab Lust auf eine Spritztour, und dann lernst du IHN auch gleich kennen.«

ER war ein knallroter Sportwagen, ein Ferrari.

»Gebraucht gekauft. Ein sehr günstiges Angebot. Du weißt, das Auto war schon immer mein Traum. Und deshalb hab ich ihn mir zum Geburtstag geschenkt.«

Das stimmte so nicht. *Ich* hatte ihn ihm zum Geburtstag geschenkt. Als er damals nach Hamburg kam, hatte ich ihm eine Vollmacht für mein Konto gegeben. Ich würde monatelang nicht da sein, also schien es mir einfacher, wenn er alle nötigen Bankgeschäfte für mich, für uns erledigen könnte. Von einem Ferrari war allerdings nicht die Rede gewesen.

»Ich kann ihn noch zurückgeben, wenn du mit dem Kauf nicht einverstanden bist.«

Wie konnte ich nicht einverstanden sein? Er freute sich so unglaublich, zeigte mir alle Einzelheiten, und ich dachte gerührt: Na gut, wenn er mit seinem neuen Spielzeug so glücklich ist, soll's denn auch so sein.

Mir lag nie viel an Geld. Es war nicht wirklich wichtig für mich. Natürlich genoss ich es, plötzlich welches zu haben. Aber mehr genoss ich, dass ich so arbeiten konnte, wie ich mir das immer gewünscht hatte. Und ich genoss meinen jungen Ruhm. Es gefiel mir, dass so viel über mich in den Zeitungen stand. Ich mochte es, wenn sich die Journalisten drängten, um ein Interview mit mir zu bekommen. Und ein ganz besonderer Reiz bestand für mich darin, in einem dunklen Kino zu sitzen und mir auf der Leinwand zuzuschauen. Ich weiß nicht, wie oft ich mir meine Filme angesehen habe. Könnte sein, irgendwann würde mich das nicht mehr interessieren. Aber noch konnte ich nicht genug von mir kriegen.

Stefan konnte nicht genug von dem kriegen, was man so die Annehmlichkeiten des Lebens nennt. Fast jeden Tag gingen wir essen, in Lokale, die er alle während meiner Abwesenheit ausprobiert hatte. Er sei mein »kulinarischer Fremdenführer«, sagte er. Und er bot mir wirklich nur das Beste. Aber irgendwann wollte ich mal wieder einen Abend zu Hause verbringen. Und da stellte ich fest, dass es für uns beide wenig Gesprächsstoff gab. Wenn wir nicht übers Tauchen redeten, saßen wir meistens vorm Fernseher. Und wenn ich in meinem Zimmer arbeitete, meine Rolle studierte, störten mich diese nervigen Geräusche, die die Computerspiele offensichtlich erst zu dem machen, was sie sein sollen. Als mir das »piep, piep, piep« und »kloing, kloing, kloing« und die lautmalerisch nicht zu beschreibenden Kampf- und Explosionsgeräusche einmal besonders auf den Wecker gingen, stürzte ich in sein Zimmer und schrie ihn an:

»Kannst du nicht mal was Vernünftiges tun?«

Er guckte mich so verstört an, so verständnislos, dass ich ihn nur noch in den Arm nehmen konnte. Und das hatte dann wieder die übliche Konsequenz. Das tat er doch immer noch lieber als Computerspielen. Was mir nicht unangenehm war.

Trotzdem fiel mir seit diesem Abend auf, dass er, wenn wir zu Hause und grade nicht im Bett waren, eigentlich nichts anderes machte, als vor diesem Bildschirm zu sitzen, irgendwelche Ganoven zu jagen, einen geheimen Schatz aufzuspüren oder galaktische Angriffe abzuwehren. Ein ganzes Regal in seinem Zimmer war vollgestopft mit dem Zeug. In dem anderen standen Videos. Bücher gab's keine, die standen im Wohnzimmer und waren meine. Ich konnte mich allerdings erinnern, dass er mindestens drei Umzugskisten mit in die Ehe brachte, auf denen ›Bücher‹ stand. Hatten wir die noch gar nicht ausgepackt? Ich fragte ihn.

»Die stehen im Keller. Die brauch ich im Moment nicht. Die gehören noch zu meinem früheren Leben.«

Mit Einkaufen vertrieb er sich auch gern die Zeit. Es machte mir anfangs großen Spaß, mit ihm in die Stadt zu gehen. Ich genoss es, dass die Frauen ihm nachsahen. Er ist ja wirklich ein schöner Mann. ›Mein‹ schöner Mann. Und diese Schönheit voll zur Geltung zu bringen gefiel auch mir. Ich weiß nicht, woran das lag, aber die teuersten Klamotten standen ihm am besten. Er bewegte sich darin ganz anders.

Dann kam der Tag, an dem mich ›mein‹ Sachbearbeiter von der Bank zu einem Gespräch bat. Sein Ton am Telefon ließ vermuten, dass meine gesamte Familie im Sterben liege. Es war schlimmer, mein Wohlstand lag in den letzten Zügen. Das kommt davon, wenn man Kontoauszüge einfach ungeöffnet in einen Schuhkarton wirft. Ich hatte in den letzten zwei Jahren so viel verdient, dass ich mir gar nicht vorstellen konnte, das in vier Monaten verprassen zu können. Wir konnten.

Als ich nach diesen unerfreulichen Nachrichten nach Hause kam, traf ich Stefan an der Tür. Er trug eine nagelneue Lederjacke, drehte sich strahlend vor mir um die eigene Achse.

»Na, wie gefällt dir die? War ein Schnäppchen.«

Das Schnäppchen hatte viertausend Mark gekostet. War schließlich Hirschleder.

Ich kam nicht drumrum. Ich musste mit ihm reden. Können Sie verstehen, dass ich mich schuldig fühlte? Ich musste meinem Mann sagen, dass wir uns das Leben, das wir bisher geführt hatten, nicht mehr leisten konnten. Ich machte mir selber Vorwürfe, nicht erfolgreich genug zu sein. Haben Sie so was Beklopptes schon mal gehört? Aber es war so. Ich wachte erst ganz langsam auf. Stefan zeigte sich sehr verständnisvoll.

»Schränken wir uns eben im Augenblick ein bisschen ein. Was macht das schon. Du hast doch gesagt, der Vorschuss für deinen nächsten Film ist unterwegs.«

Da hakte es das erste Mal bei mir ein.

»Und was ist mit deinem Vorschuss?« Er wusste gar nicht, wovon ich redete. »Was tust du eigentlich in unsere Haushaltskasse?«

»Aber ... aber ...«, er stotterte, so sehr bemühte er sich zu verstehen, was ich meinte. »Du weißt doch, dass ich in Sizilien nur im Sommer gebraucht werde.«

»Ja. Aber was machst du im Frühjahr, Herbst und Winter? Hast du außer Tauchlehrer nix drauf?«

Seine Antwort darauf verblüffte mich, verblüffte mich wirklich.

»Doch. Ich bin Filmregisseur.«

»Du bist was???«

»Filmregisseur. Das hab ich dir bestimmt erzählt.« – Konnte kaum sein, denn wenn, hätte ich das nicht vergessen – »Ich war in München auf der Filmhochschule und arbeite zur Zeit mit einem Freund zusammen an einem interessanten Projekt. Wir haben schon beim letzten Mal zusammengearbeitet. Haben für die Arbeit grade Fördermittel beantragt. Die Entscheidung müsste bald fallen. Es sieht gut aus, sagt Frank. Das ist der Freund. Der schreibt auch das Drehbuch. Ja, und deshalb bin ich zur Zeit etwas knapp mit Bargeld. Wir haben alles, was wir hatten, in unser Projekt gesteckt. Aber wenn das klappt, kommen wir größer raus. Dann kriegst du alles zurück mit Zins und Zinseszins.«

Ich glaubte ihm auch das.

Dann fuhr ich weg. Brötchen verdienen. Müssen goldene gewesen sein, die er sich kaufte. Denn als ich nach zwei Monaten wieder nach Hause kam, hatte mein Kapital die galoppierende Schwindsucht. Obwohl ich für die laufende Arbeit gut bezahlt wurde. Ich hatte mittlerweile meinen Preis. Er tat sehr verwundert, als ich ihn zur Rede stellte. Er hatte doch so sparsam gelebt. Die neue Stereoanlage war ja nun wirklich eine unabdingbare Notwendigkeit. Abends war er nie ausgegangen, hatte fast jeden Abend zu Hause gesessen. Schon, aber nicht allein. Die »Meute« leistete ihm Gesellschaft, angeblich kam die nur zum Arbeiten, war auch an dem Projekt beteiligt, soff aber auf meine Kosten gut was weg, wie ich an meinem reduzierten Weinbestand feststellte. Ja, und ein paar Tausender wären auch noch für das neue Projekt draufgegangen.

»Du weißt ja selbst am besten, wie das ist, Michaela. Am Anfang kostet ein Film erst mal wahnsinnig viel Geld. Aber nächste Woche fällt die Entscheidung. Wie's aussieht, positiv. Und dann kriegst du alles auf Heller und Pfennig zurück.«

Hatte ich das nicht schon mal gehört?

Es war Sandra, die mir die Augen öffnete. Ich traf sie in Berlin, wohnte bei ihr. Sie war mittlerweile wieder an ›unserem alten‹ Theater, Christoph auch. Ich kam zu Verhandlungen mit einer dort ansässigen Filmproduktion. Ich kannte die Firma. Sie gehörte immer noch Siegfrieds Mutter. Mir war sehr mulmig zu Mute, ich fürchtete mich, sie zu treffen. Wir waren uns seit dem Tag, als sie mich nach Siegfrieds Tod im Krankenhaus besuchte, nicht mehr begegnet. Aber sie machte es mir sehr leicht. Siegfried wurde zwar erwähnt, doch wie jemand, den es vor sehr langen Zeiten einmal gab, den wir beide geliebt hatten, obwohl wir seine Schwächen kannten. Ansonsten gingen wir sehr sachlich, höflich distanziert, wie zwei Profis eben, miteinander um. Hier ging es schließlich ums Geschäft.

Und eines Abends, als Sandra mich fragte, ob Stefan und ich immer noch so glücklich seien, erzählte ich ihr das ganze Drama.

»Du musst dem einen Riegel vorschieben, Michaela. Der nimmt dich sonst aus wie eine Weihnachtsgans.« – Bei ›Weihnachtsgans‹ wurde mir jäh bewusst, dass Stefan sich nach monatelangem Schweigen erst dann wieder gezeigt hatte, als überall zu lesen stand, wie erfolgreich ich sei. Kein schöner Gedanke. – »Ich will ihm ja keine üblen Absichten unterstellen. Mir scheint eher, der Knabe ist noch sehr unreif. Der benimmt sich wie ein Kind. Der hält es für selbstverständlich, dass du für ihn sorgst, ihm ein angenehmes Leben verschaffst. Das versteht er unter Liebe. Du auch?«

Schon, wenn es auf Gegenseitigkeit beruht. Aber unser Verhältnis war sehr schieflastig. Ich sorgte für ihn. Was tat er für mich? Er verschaffte mir ein erfülltes Sexualleben. Sollte man nicht unterschätzen. Aber darüber hinaus? Einmal war ich krank, hatte eine eitrige Angina. Er zeigte sich nicht, fürchtete, sich anzustecken, sagte: »Du willst sicher deine Ruhe« und verschwand den ganzen Tag und die halbe Nacht. Meine durchgeschwitzte Bettwäsche durfte ich selber wechseln, mir meinen Kamillentee selber kochen. Kann mich nicht erinnern, dass er je für mich gekocht hätte.

Und wenn ich mutlos war, weil es in meinem Job ja keine Garantie dafür gibt, dass es immer so weitergeht, nahm er mich nicht tröstend in die Arme und sagte: »Das wird schon wieder.« Nein, es schien ihn noch mehr zu ängstigen als mich, wenn ich so was sagte. Also ließ ich es in Zukunft.

Es half alles nichts. Ich musste mir eingestehen, dass diese Ehe keine war. Zumindest keine, wie sie für mich sinnvoll hätte sein können. Es gab nur eine Chance, sie zu retten. Stefan musste erst mal lernen, auf eigenen Füßen zu stehen. Aber dafür mussten wir uns trennen.

Und genau das schlug ich ihm vor, als ich wieder zu Hause war. Er war völlig fassungslos, weigerte sich, überhaupt noch ein Wort darüber zu verlieren.

»Ich will mich nicht von dir trennen. Ich liebe dich. Dass ich im Moment wenig zu unserem gemeinsamen

Haushalt beitragen kann, ist eine vorübergehende Angelegenheit. Sobald das Projekt durch ist, sieht alles ganz anders aus.« – Ich sagte ihm in dem Moment nicht, dass ich meine Verbindungen in München hatte spielen lassen. Seine Ausbildung zum Filmregisseur an der Filmhochschule hatte aus einem Semester bestanden. Im zweiten hatte man ihn zwangsexmatrikuliert wegen dauernden Nichterscheinens. – »Du musst an mich glauben, Michaela, mich unterstützen. Ich brauche deine Hilfe. Wir haben uns doch vor dem Altar geschworen, in guten und in schlechten Zeiten zusammenzustehen, bis dass der Tod uns scheidet. Erinnerst du dich?«

Wie konnte ich mich erinnern? Unsere Trauung war in italienischer Sprache vollzogen worden.

Das klärende Gespräch endete damit, dass er wutentbrannt aus der Wohnung stürzte und noch im Treppenhaus weiter schrie: »Bis dass der Tod uns scheidet!«

Ich war völlig erledigt, wahrscheinlich schlief ich deshalb sofort ein. Ich wachte auf, weil jemand mich streichelte. Bevor ich ihn erkennen konnte, roch ich ihn. Er stank wie eine alte Destille. Der musste einiges in sich hineingeschüttet haben. Ich schob die Hand weg und sagte:

»Lass das, Stefan, ich mag jetzt nicht.«

»Du musst aber mögen. Das ist deine eheliche Pflicht.«

»Hör auf, blöd rumzuquatschen. Du bist besoffen. Leg dich hin und schlaf.«

»Red nicht mit mir wie mit einem Kind, hörst du!« Da bekam ich den ersten leichten Schlag ins Gesicht. »Ich bin dein Mann, und du bist mein Weib, und das Weib sei dem Manne untertan.« Wusste ich es nicht, die Kirche richtet nur Schaden an. »Und ich will jetzt mit dir schlafen, also willst du auch mit mir schlafen.«

Und damit drückte er meine Beine auseinander und stieß zu. Ich war so verblüfft, dass das Überraschungsmanöver gelang. Ich hatte nicht damit gerechnet, dass er in diesem Zustand dazu überhaupt noch fähig war.

Er saß auf mir, steckte in mir, hielt mich mit seinen Schenkeln fest, im Schraubstock, wie damals Siegfried im Tegeler See. Aber diesmal dachte ich nicht: Es ist richtig so. Diesmal wollte ich mich dagegen wehren. Doch ich konnte nicht. Er hielt meine Handgelenke fest, ohrfeigte mich mit meinen Händen. Nicht spielerisch wie damals Lenes Bruder, sondern hart und brutal. Erst habe ich noch versucht dagegenzuhalten, dann folgte mein Kopf den Schlägen. Das tat weniger weh. Und mit jedem Schlag forderte er:

»Sag: Ich gehöre nur dir. Sag es.«

Ich wünschte mir so sehr, dass diese Schläge aufhörten, aber ich konnte es nicht sagen. Und wenn er mich totgeschlagen hätte. Irgendwann, als mein Kopf nur noch aus einem dumpfen Schmerz bestand, meinen Körper fühlte ich nur noch als taube Masse, hörte er plötzlich auf, stierte mich mit seinen blutunterlaufenen Augen an und sackte von einem Moment auf den anderen auf mir zusammen, gab irgendwelche unverständlichen Laute von sich und schlief ein. Ich weiß nicht, wie lange ich unter diesem schwitzenden, stinkenden Fleisch liegen blieb. Ich war zu keiner Regung fähig. Nach unendlich langer Zeit versuchte ich mich von ihm zu befreien. Es ging nicht, er hielt auch im Schlaf meine Handgelenke umklammert. Ich musste jeden seiner Finger einzeln aufbiegen. Es dauerte lange, dazu ständig die Angst, dass er wieder wach werden könnte. Doch endlich schaffte ich es, schob ihn mit all der Kraft, die ich noch aufbringen konnte, von mir weg und kroch aus dem Bett.

Im Spiegel betrachtete ich mein Gesicht. Ich war nicht wiederzuerkennen. Ich sah aus, als hätte man zwischen Schädelknochen und Haut Luft gepumpt. Aufgeblasen wie ein Ballon. Und das war erst der Anfang. In den nächsten Stunden würde sich dieser Schreckenskopf verfärben. Und in drei Tagen war mein nächster Dreh.

Ich leerte sämtliche Eisbehälter aus dem Kühlschrank, packte sie in zwei Handtücher und ging in mein Zimmer. Ich schloss die Tür ab und begann mit der Behandlung, die ganze restliche Nacht lang. Schlich nur immer zwischendurch in die Küche, um neues Eis zu holen, lauschte vorher, ob sich auch ja nichts rührte.

Als ich so gegen sieben die dritte Packung präparierte, stand er plötzlich in der Küchentür. Ich spürte ihn, bevor ich ihn hörte. Ich drehte mich um. Er starrte mich an, als hätte er eine Erscheinung, hob abwehrend die Hände, ging einen Schritt zurück, dann stammelte er:

»Das, das war ich nicht. Sag, dass ich das nicht war. Mein Gott, was hab ich getan.«

Dann ging er in die Knie, rutschte auf mich zu, umklammerte meine Beine, schluchzte und heulte:

»Verzeih mir! Bitte, verzeih mir!«

Merkwürdigerweise kam da erst der Hass. Als ich auf dieses zuckende, jammernde Bündel runtersah, das zu meinen Füßen kauerte.

Die nächsten Stunden liegen seltsam verschwommen in meiner Erinnerung. Ich weiß, dass wir irgendwann beim Frühstück saßen. Dass wir über ganz alltägliche Dinge redeten. Wieso das möglich war, weiß ich nicht. Wahrscheinlich, weil ich nur so Abstand von dem, was geschehen war, kriegen konnte. Mir eine Nichtzeit gönnen musste, bis ich so weit war, alles zu begreifen und daraus die Konsequenzen zu ziehen. Vielleicht lag es auch daran, dass er zwei Stunden später nach Sizilien fliegen musste, um seinem Job nachzugehen. Ich spürte, am liebsten hätte er mich gefesselt und mitgenommen. Aber das ging ja nicht. Arbeiten musste er mich schon lassen. Er brauchte ja das Geld.

Dass er unablässig weiter um meine Verzeihung winselte, das weiß ich noch. Ich war nicht dazu bereit. Aber das sagte ich ihm nicht. Noch wusste ich nicht, wie ich ihn loswerden sollte. Nur dass ich ihn loswerden wollte, das war klar.

Dieses wunderbare Gefühl der Freiheit, als er endlich weg war. Es verließ mich auch die nächsten Tage nicht, obwohl er jeden Abend anrief. All das sei ja nur passiert, weil er mich so sehr liebe, diese wahnsinnige Angst, mich zu verlieren, habe ihn dazu getrieben. Ich spielte die Verzeihende, die seinen Ausrutscher, wie er es nannte, tolerierte. Ich wollte verhindern, dass er sich ins Flugzeug setzte und zurückkam.

Während er ab dem zweiten Tag versuchte, unsere sexuellen Spiele am Telefon wieder aufleben zu lassen, malte ich Strichmännchen, eins neben dem anderen, alle mit einem Strick um den Hals. Dann flog ich nach München. Drei Tage später als geplant. Laut Attest bedingte eine akute Magen-Darm-Grippe diese Verzögerung.

Als ich eines Abends in mein Hotel kam, am Tresen meinen Schlüssel holte und der Pförtner mir meine Post hinlegte, ließ neben mir eine junge Frau, die gerade das hotelübliche Formular ausfüllte, den Stift fallen und sagte ganz leise:

»Tach, Michel.«

Michel hatte mich in meinem Leben nur eine genannt: Lene.

Wie soll ich es Ihnen erklären, in Sekundenschnelle, im Zeitraffer sausten die Jahre an mir vorbei, fielen von mir ab, wie – ach, wie irgendwas, und ich saß wieder mit Lene in ihrer Bude, horchte auf die Schritte im Zimmer nebenan, und die Welt war ein heller, freundlicher, strahlender Raum.

Was die Umwelt von all dem, was in mir vorging,

mitbekam, waren ein hysterischer Schrei und zwei Frauen, die sich in die Arme fielen und blödsinnig anfingen zu heulen.

Dann tippte mir jemand auf die Schulter, und eine Schmeichelstimme, die immer noch dieselbe war, nur ein bisschen tiefer geworden, sagte: »Jetzt bin ich dran.«

Ich hatte ihn noch nicht gesehen, vor Tränen war ich blind wie ein Maulwurf. Der Körper, den ich spürte, als ich in die Arme genommen wurde, war auch nicht der, den ich in Erinnerung hatte. Nicht hart und knochig, sondern weich und rund. Aber der Geruch war derselbe. Lenes Bruder – seinen Namen wollen Sie wissen? Hab ich Ihnen den noch nicht gesagt? Leon heißt er. Leon riecht wie eine Sommerwiese. Das und seine Stimme haben sich nicht verändert.

Und als er nach dem Abendessen mit auf mein Zimmer kam, vor mir stand, mein T-Shirt mit der gleichen Geste wie damals in der italienischen Küche in die Höhe schob, wusste ich, dass ich mein Leben lang nur danach auf der Suche war. Die Küsse auf meine Brustwarzen erkannte ich auch wieder, nur dass auch mein Brustkorb nicht mehr hart und knochig war.

Wir lagen auf dem Bett und redeten und redeten. Wir hatten ja einiges nachzuholen. Aber eigentlich redeten wir nur über damals – über die Schlittenfahrt, über unsere Gespräche auf unseren Spaziergängen – »Ich hab nie wieder mit jemandem so reden können, wie mit dir, Michaela« –, wie es ihn amüsiert hatte, wie ich die Windbeutel aß – »Hab nie wieder jemanden so mit Lust essen sehen« –, und wir sprachen über den Augenblick in der italienischen Küche, als er mich auf die Brustwarzen küsste, und wie schlimm das für ihn war.

»Ich wollte mehr und bin fast krepiert dran.«

»Warum hast du es dann nicht getan?«

»Ich wollte dir nicht wehtun.«

Deshalb liebte ich ihn, deshalb liebe ich ihn.

»Und nun erzähl, was hast du all die Jahre gemacht.«

Können Sie sich vorstellen, dass er und Lene nichts von mir wussten? Die Zeitungen, in denen mein Leben, mein Lieben, mein Handeln und Tun abgehandelt wurden, gab es in dem Land, in dem sie lebten, nicht. Oder sie wurden nicht gelesen. Lene und er hatten keine Ahnung von meinem Erfolg. Und ich klärte sie auch nicht auf. Dass ich Schauspielerin sei, das erzählte ich, und dass ich im Moment grade zu Dreharbeiten für einen Fernsehfilm in München sei, das auch. Aber das sei nichts von Bedeutung.

Und als Leon mich am frühen Morgen fragte: »Gibt es eigentlich zur Zeit einen Mann in deinem Leben?«, sagte ich: »Nein!« Und das war ja noch nicht mal gelogen.

»Das ist gut«, und meine linke Brustwarze bekam schon wieder einen Kuss, »dann frage ich dich jetzt und auf der Stelle: Kommst du mit mir? Ich kann dir nicht viel bieten. Das Leben, das wir drüben führen, ist sehr einfach. Aber ich mag's. Theater gibt's, doch die sind tausend Kilometer weit weg. Und die Fernsehstudios noch weiter. Du musst jetzt nicht schon ja sagen. Überleg es dir gut.«

Ich sagte sofort ja. Es gab keinen Zweifel.

»Wie lange brauchst du, bis du reisefertig bist?«

»Zwei Wochen.«

»Das passt gut. In zwei Wochen fliegen wir zurück.«

Ich hatte noch eine Woche in München zu tun, dann flog ich nach Hamburg, löste meine Wohnung auf – für Stefans Garderobe bekam ich beim Secondhandshop noch ein ganz nettes Sümmchen –, übertrug einem Makler den Verkauf meiner ›Liegenschaft‹, hob mein restliches Guthaben ab, kündigte meiner Agentin – Gott sei Dank hatte ich den Vertrag für Berlin noch nicht unterschrieben –, erteilte meinem Rechtsanwalt alle notwendigen Vollmachten und kaufte mir eine Zugfahrkarte von Hamburg nach Nürnberg. Ich wollte nicht fliegen. Ich wollte die Zeit auskosten, sie so bewusst wie möglich erleben, die mich von meinem alten Leben fortführte. Ich brauchte sie für mein Gespräch mit Ihnen. In Nürnberg wird Leon am Bahnsteig stehen und auf mich warten. Wir werden noch ein Wochenende in einer Hütte im Bayrischen Wald verbringen und dann zusammen mit Lene nach drüben fliegen.

Sehen Sie, und damit ist meine Generalbeichte zu Ende. Sie waren ein guter Zuhörer, ich danke Ihnen.

Es ist alles gesagt. Jetzt kann ich den Teil meines Lebens abschließen.

Ich darf nur nicht vergessen, am Bahnhof noch das Päckchen einzuwerfen. Stefan bat mich drum. Er isst vor dem Tauchen immer ein Stückchen Bitterschokolade, eine ganz bestimmte Sorte, mit Füllung. In der allgemeinen Aufregung hat er vergessen, sich die zu besorgen, und in Sizilien gibt es die nicht. Den Liebesdienst kann ich ihm ja noch erweisen. Gucken Sie nicht so erschreckt. Es ist das letzte Mal, ich verspreche es Ihnen. Es ist bestimmt das letzte Mal. Das Fläschchen ist nämlich leer, allenfalls drei, vier Tropfen sind noch drin. Leben Sie wohl. Sie haben mir sehr geholfen. Ich wünsche Ihnen alles Gute.

Der Mann am Fenster bedauert, dass die junge Frau ihm gegenüber jetzt aussteigt. Er hat sie die ganze Zeit beobachtet, wie sie am Fenster lehnte und hinausschaute. Die ganze Zeit, seitdem er in Osnabrück eingestiegen ist. Ihm gefiel ihre Art, wie sie ihn manchmal ansah, als wollte sie etwas sagen. Er hätte sich gerne mit ihr unterhalten. Er mochte ihre Nase und die großen dunkelbraunen Augen mit goldenen Sprenkeln drin, wenn er das richtig gesehen hat. Das kurze rötliche Haar hätte er gerne vom Nacken an aufwärts gestreichelt. Was ihn irritiert: dass sie »Danke« sagte, als sie das Abteil verließ.

Er schaut zum Fenster raus. Sie steht draußen auf dem Bahnsteig, sieht ihn an. Es kommt ihm so vor, als wolle sie sich ganz persönlich von ihm verabschieden. Als der Zug sich in Bewegung setzt, verrenkt er den Hals, verflucht diese klimatisierten Züge, die nicht zulassen, dass man ein Fenster aufmacht. Er hätte ihr gerne zugewinkt. Das Letzte, was er von ihr sieht, ist eine Kusshand, die sie ihm nachschickt. Dann fährt der Zug um eine Kurve.

E n d e

Anna Johann

Die kleine Sekunde Ewigkeit

Roman

Band 14174

Anna Wagner hat ihr Wunschziel erreicht. Sie ist nun Auslandskorrespondentin in Washington. Aus der unsicheren Anfängerin, die nach der Scheidung versuchte, ihren Weg im Beruf zu finden, ist eine erfolgreiche Journalistin geworden. Es geht ihr gut. Das ändert sich von einem Tag auf den anderen, als ihre Tochter Lisa spurlos verschwindet, ohne dafür eine Erklärung zurückzulassen. Anna macht sich auf die Suche. Ihr Weg führt sie nach New York, denn dort wurde Lisa zuletzt gesehen. In der verzweifelten Hoffnung, Lisa so vor Unglück bewahren zu können, aber auch um den Kontakt nicht abbrechen zu lassen, beginnt Anna, einen endlosen Brief zu schreiben, der immer mehr auch zur Auseinandersetzung mit ihrem eigenen Leben wird. Dem gegenüber stehen die Aufzeichnungen von Lisa und ihr Konflikt mit der Mutter.

Fischer Taschenbuch Verlag

fi 523 / 5